我不知道自己是不是在用生命写作，
却特别理解那些为了写作抛弃一切的
人，哪怕他们早早离开人世，但只要
留下足够好的作品，已经足够了。
对于一个人，他们真正活过。

"出生卑微，从小经人教诲，尊敬权
势，服从权力，感觉自己渺小，怎样
把奴隶的血从自己身上一点一滴地挤
出去。"
怎样把奴隶的血从自己身上一点一滴
地挤出去，正努力在做。

70后实力派·杨遥作品系列

流 年

杨遥 著

山西出版传媒集团

北岳文艺出版社
·太原

图书在版编目（CIP）数据

流年 / 杨遥著. — 太原：北岳文艺出版社，2018.1
ISBN 978-7-5378-5369-9

Ⅰ.①流… Ⅱ.①杨… Ⅲ.①中篇小说－小说集－中国－当代
②短篇小说－小说集－中国－当代 Ⅳ.①I247.7

中国版本图书馆CIP数据核字（2017）第241772号

书名：流年

著者：杨遥

策划：续小强　王朝军

责任编辑：王朝军

书籍设计：张永文

责任印制：巩璠

─────

出版发行：山西出版传媒集团·北岳文艺出版社
地址：山西省太原市并州南路57号　邮编：030012
电话：0351-5628696（发行部）　0351-5628688（总编办）
传真：0351-5628680
网址：http://www.bywy.com　E-mail：bywycbs@163.com
经销商：新华书店
印刷装订：山西人民印刷有限责任公司

开本：787mm×1092mm　1/32
字数：143千字　印张：8.5
版次：2018年1月第1版　印次：2018年1月山西第1次印刷
书号：ISBN　978-7-5378-5369-9
定价：48.00元

自序—在乡村和城市的时光缝隙中奔走

杨　遥

　　《流年》和《村逝》是我近几年中短篇小说的两部选集，《流年》关于城市，《村逝》立足乡村，两部小说集没有多大关联，但它们有一个共同的母亲。假如你拿到《流年》，又恰对它感兴趣的话，不妨再找来《村逝》看看，反之亦然。

　　当编完这两本书时，我惊讶地发现，《流年》集中首篇《流年》是写年轻公务员从县城到城市的历程，尾篇《遍地太阳》却是中年下岗职工从城市到农村的步履，而《村逝》集中的《村逝》则是表达传统意义上的乡村已经一步步消失。这与我的生活奇怪地合拍。年轻的时候，羡慕城市里的生活，好多年都在努力进城；中年的时候终于到了城市，却时不时怀念乡村，每逢节假日急急忙忙订车票，返回老家探望父亲、兄弟，以及一大帮还在那块土地上生活的亲人和朋友，但乡村已经不是我生活过的乡村。

这么多年，身体和文字一直奔走在乡村与城市的时光缝隙之间。

大学毕业后那几年，我在滹沱河畔的村子里当老师。2002还是2003年，一冬天没有下雪，立春之后却下了一大场。雪从头天下午纷纷扬扬下起，晚上也没有停，第二天早上5点多起床去学校上早自习，发觉外面白茫茫的，比平时亮。推着自行车出了门，雪有半腿深，巷子里没有人影，也没有任何人和动物活动过的痕迹，只有白。我有些自怨自艾，想这么早谁会骑着自行车出门？忽然听到一对新婚农民夫妇的声音，妇人满足后发出锐利的叫声，在寂静的早晨格外响亮。它像寺庙里的暮鼓一样，我眼前许多的门关上了；然而也像晨钟一样，同时推开一扇窗户。我知道自己选择的路和别人不一样。

2008年到2011年，我在离家乡不到100公里的市里借调，为了好好表现，早日调过去，每个星期五赶最后一趟大巴回家。有几个星期五连续有事情，每次忙完急匆匆赶往汽车站时，最后一班车已经走了。这时妻子经常打电话过来，问我坐上车没有，我回答没车了，电话那头4岁的女儿就哇地哭了。每个星期一早上，5点多起床，要赶最早的大巴去市里上班。孩子从前一天晚上就紧紧搂住我的胳膊。到了早上，我轻轻拨开她暖呼呼的手臂，往汽车站赶。冬日的早晨，寒风呼啸，人们都还在梦乡中，路上只能见到清洁工在昏黄的路灯下扫马路。新年之前，妻子骗女儿我要早一天回来，女儿一整天等着，晚上我还没有回去，她又哭了。很晚我才回了家，女儿带着泪睡着了，手心里握着幼儿园给她发的一颗糖和几瓣橘子。第二年，有一位朋友也借调到市里，他有一辆车，拉上我两人结伴走。我们车轮一样旋转，每周至少熬一个通宵加班，却调不过去，周围一些因为有关系的人一个一个调了进来，两人都特别有情绪。有个星期一早上从家里出来之后，两人在路上边走边骂，车走了好久都没有到市里，看路标，原来光顾生气，到了高速路出口居然没有注意，超过去了。我们两人商量着，干脆别去上班了，直接开上车到省城去，找另一位朋友。但结果却是到了下一个高速路出口返回上班的路。这多像小说呀！然而里面的现实是生活，想象才是小说。后来我以这段经历为背景，写了许多篇小说，《流年》和《萨达姆被抓住了吗》就是其中两篇。

2011 年 9 月，我终于调到了省城，家安顿住之后，路上跑得少了，每逢节假日回老家，基本选择坐绿皮火车。172公里的路程，需要坐 4 个多小时，途经每一个村落的小站都要停。在这列车上，车厢里一般人都很多，许多人经常连坐票也买不到，多见的是沿线村落里的农民、带着尼龙袋子进货的小商贩、行李放在油漆桶中的打工小伙子、眉毛做得又粗又直的乡下姑娘、穿着校服戴着眼镜的学生、拿着装病历袋子的老人……这些人大多讲着各自的方言俚语，生活经历也各自不同，坐在他们中间，我仿佛回到了从前。

2013 年中秋节回老家后，回城时为了避免拥挤，我买好了提前一天走的火车票。没想到那天那么多人赶车。我在候车室遇到了一位儿时的伙伴，他拖着一个很大的行李箱，打算去我所在的城市赶庙会。这位朋友性子火暴，从小爱打架，还坐过几年牢。从牢里出来之后，就开始做套圈圈的生意。我不知道他硕大的行李箱里装的是毛绒玩具，还是石膏雕塑，或者是些烟酒之类的玩意儿。和他同行的是他老婆。我们有一句没一句闲聊着，我知道他没有买上坐票。快要检票的时候，又来了位我们村坐火车的人，这位朋友马上让他老婆回去，说来的这个人可以帮他把行李箱弄上火车。我们两个待的这段时间，他自始至终都没有说过一句要我帮忙的话，我还一直以为他老婆要和他一起走。我告诉他上了火车可以和我一起挤挤，我们一家三口买了三张票。朋友说，你坐你的去吧，我和你现在说不到一起。

在城市里，出行我一般步走或坐公交。坐公交有时免不了跑几步赶车，但是每当看到身体臃肿的中年男女奔跑着，追赶即将离站的公交车，心里就有些淡淡的悲伤，仿佛看见了自己的影子。一次读关于梁漱溟的文章，里面写到这么一段故事。伍庸伯走了20多里路赶火车，快到车站时火车已到站，本来跑步能够赶上，可是伍庸伯继续保持原来不疾不徐的速度，等他到了车站，火车开走了，他又步行20多里路返回去。读到这里，我顿时觉得公交车是可以不追赶的，但自己却没有那份定力，遇到车要走时，还是追赶。

最为遗憾的是，这么些年一直没有大块儿的创作时间，本职工作和写作无关，甚至还干扰得很厉害。也遇到过几位领导告诫我不要写小说了，好好干本职工作。写起小说来，偷偷摸摸，急急忙忙，既怕被周围的人发现，也唯恐被什么事情打断。这么些年，写的大多是短篇，即使这样，也是经常有了好的想法却没有时间实施，或者写了一半，状态正好时，却不得不去忙活什么事情。常常想起卡夫卡《猎人格拉胡斯》中的一段话："我一直在运动着。每当我使出最大的劲来，眼看快爬到顶点，天国的大门已向我闪闪发光时，我又在我那破旧的船上苏醒过来，发现自己仍旧在世上某一条荒凉的河流上。"但是生活中有无数我这样的人，每天忙得死去活来，就像赫拉巴尔在《我为什么写作》中谈道："在波尔迪钢铁厂我明白了一个道理，只有理解别人，才能理解自己。跟我在一起干活儿的还有其他人，他们的命运比我更加艰难，然而他们却一声不吭。"无数次比较卡夫卡和乔伊斯，他们的性格截然不同，但都站到了文学的巅峰之上。我没有能力，也不是那种能使自己与世俗生活完全割裂开的性格，便唯有勤奋些。记得借调的时候经常加班写材料，有时半夜两点钟才睡，早上五点半闹钟响起来的时候困得要命，心里告诫自己，什么也没有还想偷懒，便赶紧爬起来，用凉水抹把脸，开始写小说。有段时间大概太累，早上起来枕头上经常有鼻血。每个周末回了家，也是伏在电脑上写东西，很少陪家里人。有一天女儿说："爸爸，我希望你回来后家里就停电。"我问为什么，女儿回答："那样你就不写东西了，能陪我玩。"我不知道自己是不是在用生命写作，却特别理解那些为了写作抛弃一切的人，哪怕他们早早离开人世，但只要留下足够好的作品，已经足够了。对于一个人，他们真正活过。

幸运的是，这么多年一步步走过来，理解支持我写作的老师和朋友越来越多，他们像光一样，摸不着，但无处不在。我在坚持写短篇小说的同时，写的中篇小说也多起来，不知不觉发表了130多篇。其中大多数作品创作时信心满满，写完之后得意扬扬，觉得自己完成了一部了不起的作品，可是过不了多长时间，就开始怀疑、惶恐起来，便想赶紧再写下一篇证明自己。在我怀疑自己的时候，这些可敬的老师和朋友们给予了我非常多的肯定，使我这块称不上璞玉的顽石从一堆石头里显示出来，变得越来越有了些亮光。

其中一位我非常信赖的朋友，他的眼光十分好，在好多公众场合给过我无私的褒奖。私下里聊天，谈到我小说存在的问题时，他觉得我的小说经常不朝一个方向努力，把力量削弱了，希望我能尝试去写些一竿子扎到底的小说。我对他的意见非常重视，常常想怎样写出这样一篇小说。2015年5月底，我读到了A·雅莫林斯基的《契诃夫评传》，他里面有段话这样评论契诃夫："最有特色的小说缺乏纯粹的叙事方面的兴趣，有的小说没头没尾，有的小说有一种静止的性质，故事进行得慢，跟舞步一样。那些小说不但不朝一个固定的结局活动，往往溜出正轨，或者故事还没到高潮就逐步退下来。不过它们还是能够用惊人的方法抓紧读者的想象力。正因为不要捏造，不布疑阵，不耍聪明，原本松弛的地方并不故意拉紧，原本粗糙的地方也不故意削平，故事的进行适可而止的缘故，那些小说具有使读者身临其境的力量。"我大为兴奋，我的那些"缺点"契诃夫都有，他所达到的那种自然，是我一直努力追求的，而那时我差不多已经认为契诃夫是人类历史上最伟大的短篇小说大师。文章还有一段话也颇适合我："出身卑微，从小经人教诲，尊敬权势，服从权力，感觉自己渺小，怎样把奴隶的血从自己身上一点一滴地挤出去。"怎样把奴隶的血从自己身上一点一滴地挤出去，正努力在做。

生活还在继续，写作也在继续，引用契诃夫获得"普希金文学奖"之后给朋友的信里的一段话作为这段文字的结尾："我的文学活动还没有真正开始，不过是个学徒罢了，或者连学徒也不如，得从头做起、从头学习才行。要是今后花40年的工夫看书用功，那么学成之后或许会朝读者发出一个炮弹去，弄得天空也震动。"

是为序。

2017年9月14日

目 录

流
年

1

你知道王菲吗?

就是那个与窦唯、谢霆锋、李亚鹏三个男人都有故
事,声音清亮、出尘的王菲。

凌云飞知道王菲是在王家卫的《重庆森林》里。王菲
饰演的杂食店店员阿菲一心向往着加州明媚的阳光。她爱
上了梁朝伟饰演的失恋警察663,经过努力使663在她这里
找到新的感情归宿,两人相约晚上在加州见面,当阿菲坐
上大飞机真的飞往加利福尼亚时,663却去了"加州"酒吧

等她。

那时，凌云飞在北方一座城市借调。总是布满雾霾像灌了铅似的灰色天空，面孔呆滞身着蓝色、黑色衣服的灰色人群，水泥堆起来的灰色市政大楼，磨得没有光泽的灰色台阶上布满了黄色和绿色的痰痕，充满他的视野。他觉得生命一片黯淡。

D县到云城几十公里的距离，在凌云飞看来，几乎是世上最长的距离，几年了，他还是个借调人员。加利福尼亚那么远的地方，小店员阿菲怎么敢去，还真的去了呢？凌云飞羡慕阿菲对生活的这种勇气，他经常把碟片定格在叫阿菲的王菲身上，想象加利福尼亚的阳光是怎样的灿烂，然后喜欢上了王菲。

他开始收藏关于王菲的碟片。云城的每家CD店成了他的好去处。每次当他站在几个留着披肩直发、声音清脆的年轻学生中间翻捡CD时，透过塑料壳子，看见衬在盒子里面王菲明艳的照片，总有种意外的欣喜。他把能找到的王菲演唱会和专辑的CD都买下。在那些灰暗的日子里，每当听起王菲的歌，他就能想起加利福尼亚的阳光，心情暂时明朗一下。

临近旧历的年底，照例是单位进人的时候。凌云飞的单位也进了人，与上年、上上年一样，不是他。

每年这个时候单位去下边考核工作，这年也不例外。凌云飞随着带队的李副局长一行去了K县。晚饭后当地对口单位的领导带他们去唱歌。黑色的小轿车驶出县城，在黑夜中穿过一架铁路地下桥，正好有列火车驶过，咔嗒咔嗒的声音像放大的钟表指针的跳动。穿过桥，远方有了灯火，被更大的黑暗包围着。

进了KTV包厢，凌云飞忽然发现当地陪同人员中多了位瘦瘦的姑娘，嘴巴涂得鲜红。吃饭的时候，她并没有出现。当地领导介绍说："小倩，大学生村官，借到县里帮忙的。"姑娘冲他们一笑，露出雪白而整齐的牙齿，她说："我叫小倩，欢迎领导们来视察指导工作。"说完之后，她鞠了个躬，露出一截雪白的脖颈。坐座位时，县里的领导让凌云飞他们往中间坐。凌云飞在领导们推让时，借口上卫生间。出来后，发现大家已经坐好。李局长坐正中间，县里的领导坐旁边，两边簇拥着其他人，小倩坐在门口位置上。凌云飞不动声色坐在了她旁边。小倩欠欠屁股，把他往里让。凌云飞坐在门口倒数第二个位置上。

姑娘瘦小、扁平，像发育不良的高中生，鼻子上有几颗雀斑若隐若现，一笑就凸显出来。她大概不知道自己这个小毛病，自顾自不停地笑。LED光纤灯关了，闪灯照在人们脸上忽明忽暗，姑娘好像有些紧张，缩了缩身子。灯光闪到她脸上的时候，凌云飞首先看到的就是她鲜红的嘴唇。

先是凌云飞单位李局唱，唱完科长唱，副科长唱……轮到凌云飞时，他说："不会唱，一唱歌嗓子就发痒。"对方继续让，凌云飞坚持说不会唱。几番过后，地方领导拿起话筒。他们唱的是《纤夫的爱》《敖包相会》《小白杨》……凌云飞吃饭时喝了几杯酒，听得昏昏欲睡。忽然，听见有个声音说："小倩来一首。""我唱首王菲的《红豆》。"是那个瘦瘦弱弱的村官。凌云飞缩缩身子，努力把自己陷到两张沙发中间的那道缝隙中。他想谁愿意表演让谁表演吧。

"还没好好地感受，雪花绽放的气候"，一种空灵出尘的声音忽然在包间里飘荡起来，包厢里浑浊的酒味顿时好像减少了，有了些雪花清冽的味道。凌云飞不相信自己的耳朵，探起身子，看见瘦姑娘面朝屏幕，正闭着眼睛，深情地唱。当她唱到第一节中的"有时候，有时候"时，凌云飞有些担心，害怕下一句"我会相信一切有尽头"中的

"一切"她唱不好。没想到姑娘唱到这儿时，声音稳稳地降了下去，飘渺但非常清晰。那一刹那，凌云飞感觉自己的半辈子完全袒露在姑娘面前了，他吃惊地坐起来，挺直腰，定定地望着姑娘。她唱得很投入，唱得几乎和王菲一模一样，尤其是唱到"宁愿选择留恋不放手""等到风景都看透"这几句时，凌云飞感觉加州明媚、温暖的阳光大片照了过来。

一曲唱完之后，掌声象征性地响了几下，不如刚才那几位唱过时热烈。凌云飞不知哪股劲儿来了，他大声喊："好！再来一首。"

他几乎从来没有这样大声说过话，尤其在领导面前。但那天，凌云飞管不住自己了。他喊完之后，隐隐约约有些后悔，但同时有了一种痛快的感觉。他望望姑娘，感觉她站在那里好像对自己笑了一下，他又脱口而出："再来一首！"旁边竟有人附和，他心里暗喜。姑娘就又开始唱。

凌云飞抓起酒瓶去敬酒。

那一晚，凌云飞不知道自己喝了多少酒。每次姑娘唱完，他就拿起酒瓶跑去敬领导们酒，好腾出话筒来让姑娘继续唱歌。姑娘大概唱了五六首，清一色王菲的歌。凌云飞感觉神奇极了，在这么个破地方，这么平常的女孩，居然能把王菲的歌唱这么好。女孩把话筒交出去后，凌云飞端着酒杯又坐在她身边。那么自然，连他自己也觉得奇怪。他把自己的手机、电话等联系方式都告诉了她。姑娘姓聂，喜欢唱歌，上了一个地方大学的音乐系，毕业之后连工作也找不下，只好考了村官。聂小倩说这些时，不时停下来笑笑，像想起了什么好玩的事情。

姑娘的生活简直是凌云飞的翻版，他讲起《重庆森林》里的阿菲，聂小倩马上接起话来，她也很喜欢王菲扮演的这个角色。他们两个一替一句讲里面的细节，都觉得当阿菲坐上大飞机真的飞往加利福尼亚时，663却去了"加州"酒吧等她这个情节好玩。说到加利福尼亚，凌云飞觉得小倩脸上的雀斑亮了几亮。

第二天，凌云飞起个大早，走了半条街道，找到家音像店，没有开门。凌云飞狠命敲门，半晌，旁边出来个人说："里面没人。"凌云飞问："老板哪儿住着？"那人打个哈欠，掏出手机拨电话。凌云飞等了十几分钟，老板才来。他买了能找到的所有与王菲有关的碟片。

吃完早饭，要离开K县的时候，送行的人里面没有聂小倩。凌云飞心里很失落，随后马上就想开了，这种场合，像吃饭一样，哪能轮到帮忙人员聂小倩出现呢？给聂小倩买的东西没有送出去。

按照日程安排，凌云飞他们还得去另外三个县。凌云飞走到哪里，总是想起聂小倩。他期望聂小倩突然给他打个电话，哪怕发个短信也好，却一点儿消息也没有。他觉得自己有点好笑，他只是微不足道的借调人员，能帮她什么忙？他想自己要是市级单位的正式工作人员就好了。他顺着这个思路想半天，不愿从里面出来。

三天时间，凌云飞心不在焉。

每到一处，县里都会送他们资料和土特产。每个人的包里塞得满满当当，小车的后备厢快装满了。大家为了拿土特产，悄悄把些不重要的资料留在了宾馆。凌云飞带着准备送给聂小倩的东西，是个累赘，主要是心里累。到了那个以养羊出名的山区县，县里要送他们每人一条羊毛毯。每个人又把自己的东西检查一遍，能不要的统统不要。车里坐人的每个缝隙都塞满了东西。好像找到了一个结实的理由，凌云飞拿出王菲的那些碟片，找到邮局，给聂小倩寄了过去。

回到市里，因为是年底，工作特别多。凌云飞忙得不可开交，对聂小倩的幻想慢慢就淡了。

凌云飞偶尔抬头望见外面灰色的天空，还会想起那个夜晚。这个时候，他有点后悔当时的冲动，想自己要是没有给聂小倩寄东西就好了，留下的都是美好的回忆，寄唱片真是画蛇添足的一招。

又一年开始了，凌云飞还像以前那样忙碌，聂小倩的事渐渐淡忘了，凌云飞偶尔想起那次唱歌，自嘲地笑笑。聂小倩尽管不漂亮，又是个帮忙的村官，但毕竟是个女的，歌又唱得好，也算稀缺资源吧？

凌云飞忽然收到挂号信那天，是星期一。院子里的柳树绿了，草坪上一簇簇小草拱起土皮，也泛出了绿意。

信封里面夹着张碟，他一摸就知道了。地址是K县。凌云飞的心跳了起来，他知道聂小倩收到自己寄的碟了，这是她回的一样东西。他猜测这也是王菲的一张碟，内容是什么？想了半天，在纸上写了那天没有买到的王菲几张专辑的名字。

打开信封，里面只有一张银白色的原始碟片，其他什么也没有。他又掏又抖，真的一个纸条也没有。碟片崭新，光光的碟面映出了凌云飞的面孔。他看着这张空白碟片，看着碟片上自己模模糊糊的脸，心里有点失望。有人叫他办事，他就把碟片往抽屉里一塞，事后竟然忘了。

周五午饭后，凌云飞拉开抽屉找东西，又看到了这张碟片。他把这张碟塞进电脑。电脑吃吃地响了一会儿，突然冒出王菲的歌。他赶紧关掉声音，然后插上耳机，再把声音打开。里面是王菲的歌，但是都是聂小倩唱的。凌云飞激动起来，身体微微地发抖。他一边听，一边迅速做出一个决定。

他跑到汽车站，订了到K县的车票。

最后一趟车是下午四点钟，以往这个点儿凌云飞还在上班，现在不管了。买好票，返回单位，凌云飞坐在办公桌前，拿起书，根本读不进去。于是拿起一张旧报纸，不小心撕烂了，于是他把撕烂的旧报纸一块块撕成碎片，又把碎片慢慢拼凑起来。好不容易熬到快三点钟，听到楼道里有了来上班的人的脚步声，他关了手机，跑向汽车站。

汽车驶出市区后，密集的楼群和车辆不见了，大群的麻雀为了躲避车辆一起飞起，又一起落下。空旷的田野里，农民在拾玉米茬子，犁过的地平整得一眼能望到山边。山还没有返青，一丛丛耸立着，山脉隐隐。

过了三岔，出现许多拉煤的大车，时不时把路堵住。凌云飞把手心搓得发白，计算着时间，把这认成是对自己的考验。

到了 K 县，已经晚上九点多。北方的初春，和冬天一样冷和黑，整个县城漏着几点灯光，汽车站旁有几家小饭馆开着门，老板一家人边吃饭边看电视。凌云飞走过去之后，便听见落门板的声音。

凌云飞凭着记忆，寻找上次住的宾馆，有细小的雪沫子落下来。放下东西，他躺到床上给聂小倩打电话，拨了几个号码又停下，站起来走到窗前，拉开窗帘，看着外面，站了一分钟，他才又开始拨手机。电话响了五声，他打算挂掉时，有人接起来。

"聂小倩吗？我是凌云飞。"凌云飞因为紧张，说话的声音有些发抖。"唔！"话筒里的声音有些怀疑，"凌云飞，你在哪儿？"凌云飞说："我在 K 城宾馆。""真的？"聂小倩问，"你和谁在一起？""就我一个人。""……我二十分钟过去！"对方挂了电话。

凌云飞激动起来，他在屋子里转了几圈，然后对着穿衣镜把衣服领口、袖口弄整齐。突然发现衣服上有饭粒子，他赶忙用湿毛巾蘸着水擦掉。刚消停坐到椅子上，马上想起什么，飞快地脱衣服，洗澡，梳头，刷牙，当他重新穿戴停当坐到椅子上时，才用了十分钟时间。凌云飞又烧了壶水，接着不住地看表，时间还不到。壶里的水噗噗响了，冒出热气。他看着水壶，有些水随着热气溢了出来。

忽然，外面传来脚步声，走到他门口停下来了。凌云飞屏住呼吸，蹑手蹑脚走到门口。从猫眼里看到对方抬起了手，趁敲门声还没有响起，他猛地把门打开。聂小倩好像被气流吸进来一样，一下子跌到他怀里。凌云飞用脚碰上门，牢牢抱住她。聂小倩身上带着寒气，头发湿漉漉的，散发着洗发水的清香，嘴巴涂得鲜红，透过厚厚的衣服，凌云飞感觉聂小倩的心咚咚跳得厉害，他的心也咚咚跳得厉害。

良久，凌云飞才放开聂小倩。路上凌云飞还千思万想怎样缩短和聂小倩的距离，没想到这样就解决了。

聂小倩羞红着脸望着他说："我刚才在洗头，你打电话时。"凌云飞说："我以为你忘了我！""傻货！"聂小倩说，"我以为你瞧不起我。"凌云飞心里一阵暖呼呼的热流涌过，他重复了一次聂小倩的话，"我以为你瞧不起我。"他又要抱。聂小倩躲过，问："收到了吗？"凌云飞从包里取出那张碟，认真地说："这是我收到过的最珍贵的礼物。""傻货！好听吗？"聂小倩笑起来。"好听。"他说。

"还没好好地感受，雪花绽放的气候……"窗外下起了雪，雪花落在窗台上静静的，不一会儿外面就白了，像天要亮起来。暖气管道里水在汩汩流动，不紧不慢。聂小倩的歌声像从白色的世界飘进来的，凌云飞看到了加州的阳光。

聂小倩走时，外面已经白茫茫的。凌云飞要送，她不让送，凌云飞坚持要送。出了宾馆院子，街上看不到人影，天和地被雪连在一起，路灯在纷纷扬扬的雪花里显得更暗了。凌云飞说："这个世界上要是只剩下咱们两个人多好！""傻货！"聂小倩忽然停住，踮起脚尖来在凌云飞嘴唇上吻了吻，然后转身边跑边朝凌云飞摆手。凌云飞追了两步，见她使劲摆手，怕她摔倒，就停了下来。

他一直看着她消失，然后踩着她的脚印慢慢地往前走了一会儿。

2

从那之后，凌云飞开始了云城和K县之间的频繁奔波。为了省钱，他大多时候坐绿皮火车。车厢里一般人都很多，有时连坐票也买不到，凌云飞就几个小时站着。周围是带着尼龙袋子进货的小商人，行李放在油漆桶中去打工的小伙子，眉毛做得又粗又直的姑娘们，穿着校服戴着眼镜的学生，拿着装病历袋子的老人们……汗酸、酒味、小孩呕吐的酸奶在车厢里发酵，弥漫。有几次凌云飞听到人们发牢骚，咒骂铁路上缺德，这么多人站着也不多加几节车厢！有时人们还自嘲着打赌，坐这趟车的人都是没办法的穷鬼，自己没钱，也寻不到地方给报销。凌云飞默默地听着他们的议论，微笑着看着树木、山冈匆匆落在后面。

凌云飞和聂小倩经常去一家偏僻的小饭馆吃面，吃完饭之后去KTV，聂小倩一首接一首给凌云飞唱歌，都是王菲的。凌云飞和聂小倩像阿菲和663一样，小心翼翼谋划着自己的未来，沉浸其中。凌云飞张开双臂，绕着茶几转圈，模仿飞机。聂小倩搂着他的腰，头紧紧贴着他的背，长长的头发像鸟的羽毛一样给凌云飞温暖、安全的感觉。他们商定，只要攒够了去加利福尼亚旅游的钱就结婚。

凌云飞以前每天盼年底，希望年底单位进人的时候把自己顺进去，或者即使进不去也把这漫长的一年画上句号。现在他每天盼周末，只要见到聂小倩他就感到幸福。

偶尔碰上单位加班，聂小倩便赶来云城和凌云飞相会。每次凌云飞都叮嘱她，火车挤，坐汽车。晚上回到出租屋，聂小倩已经做好饭等他回来，简单的两三样菜，却能驱赶走凌云飞的疲惫和因加班带来的烦躁。这时凌云飞看到聂小倩鼻子上的雀斑都像闪亮的星星。

这期间，聂小倩不小心怀过一次孕。两人商量后，一致觉得做掉好，他们没有养孩子的条件。

两年后，两人攒够了去加利福尼亚的钱。凌云飞发愁怎样请假，毕竟要走不算短的一段时间。老实告诉领导，显然不合适。找个什么样的理由？他想了好几个，又自己推翻。转眼间到了周末。

凌云飞坐在奔往K县的列车上，一路上想理由。下车的时候，他在漆成天蓝色的栅栏外一下看到了聂小倩，她跳着，朝他招手，脸上露出有些诡异的笑容。凌云飞心里暗下决心，不管找什么理由，只要聂小倩确定了时间，他就马上走。

到了经常吃饭的那个小面馆，聂小倩把一个信封塞进他手里，"一定要带好，不准丢了哦！"

"啥?"凌云飞边问边打开信封，看到一张银行卡。

"你收着。"聂小倩说。

"?"凌云飞看着聂小倩。

"把你的一起取上，送给XXX。"聂小倩平静地说。

凌云飞脑子转不过弯儿来，"不是说好攒够钱去加利福尼亚吗?"他说,把卡还给聂小倩。

聂小倩歪着脑袋问:"这些年你最痛苦的事情是什么?"

凌云飞想了想说:"借调。"

"别人为啥能调进来?"

凌云飞不知道她什么意思。

聂小倩说:"不就是因为钱?咱们以前没钱,现在有了,我不要你再受委屈了。"

凌云飞明白了,说:"送礼?"

聂小倩点点头。

"我不同意。好不容易攒够钱,咱们去加利福尼亚!"

聂小倩说:"加利福尼亚只要有钱啥时都能去,借调不解决却始终是个大问题,我不想老两地跑。"

听到这话凌云飞打量着聂小倩。快夏天了,她还穿着厚夹克,是去年买的不到百元的过季产品。她的脸不像单位那些女同事那样油光发亮,只有血红的嘴巴使她脸上有些亮色。他想起上个星期见面时,聂小倩脱了鞋,袜子居然露出脚趾头。凌云飞要把它扔了,聂小倩舍不得,说补补还能穿。

凌云飞垂下头,艰难地咽口唾沫说:"我要是调过去，你不用上班了，好好唱歌！拜个专业的老师。"

年底，凌云飞的工作问题终于解决了。一鼓作气，又办了喜事。凌云飞和聂小倩决定在云城的城郊接合部租房子，反正云城也不大。聂小倩坚持要租那种农家小院里带炕的房子，她说有炕的房子住着舒服，冬天在锅里做饭就顺便烧了炕，屋子里暖和。凌云飞本来嫌这种房子生炉子、提水、倒垃圾麻烦，但他知道聂小倩想省钱，而且睡在炕上确实舒服，便同意了。

找了几天，他们看准一处。一对退休的老人，孩子都在外边，老人把五间正房辟出两间出租，大约四十平方米大，有锅有灶，家具基本齐全，关键是有炕。唯一美中不足的是炕和灶中间没有用墙隔开，做饭时油烟会冒得满屋都是。让他们高兴的是，房租不贵，老两口想留一对正经人和他们做伴。房子后面还紧挨着十几亩梨树林，现在虽然光秃秃的，但到了春天，必定会开满洁白的花朵，在那里面练歌、唱歌，不会吵到别人，还能欣赏美景。

相处几年，他们熟悉得连每个人的脚趾头缝儿有多宽都知道。新婚晚上，他们没有像寻常新人那样兴奋，而是像终于坚持跑完了马拉松似的，累得瘫在床上，一动也不想动。

俩人都睁大眼睛盯着天花板，屋子里安静得异常。良久，聂小倩问："这是咱们的家吗?""怎么不是?"凌云飞回答。"我怎么听见火车咣当响哩?""这儿也没有挨着火车站，你是幻觉。""这是幻觉?""傻货!"凌云飞说。聂小倩捣了凌云飞一拳头。

躺到半夜，聂小倩爬起来说："睡不着。"凌云飞也爬起来说："睡不着。"聂小倩说："咱们干点什么呢?"

她光着身子跳下地，抱来个盒子，把里面的东西统统倒出来，是两年多来两人每次来往的汽车票、火车票。凌云飞顿时眼圈红了。俩人你一下我一下把这些车票按照时间顺序一张张排起来，居然绕着炕围摆了一圈。看着这些车票，凌云飞仿佛看见一列列火车、汽车头尾相接排在一起，奋力往前跑。

凌云飞抬被子，忽然掀起来的风把几张票吹到地下。凌云飞赶忙去找，找来找去，有一张怎样也找不到。聂小倩也急了，帮着去找，奇怪的是她也找不到。他们按时间排起来，少了的那张，时间正好是八月的一个周末。

"王菲和窦唯分手的那天。"聂小倩说。

凌云飞脸色变得苍白，"瞎说什么呢?"用劲儿把她往炕上推。

　　两人也许累了，这次躺下后没多久就睡着了。凌云飞梦见火车铁轨上挤满了一列列火车，每列火车每个车厢里都坐着自己和聂小倩，中间隔着其他密密麻麻的人，两人离得很远。两人都在拼命大喊，招呼车厢里的对方，可是对方听不到自己的声音。

　　凌云飞被聂小倩拍醒之后，身上都是汗。聂小倩问他："做噩梦了？"凌云飞摇摇头。聂小倩起床给他倒了杯白开水，看着凌云飞喝完之后，返回床上，把手和脚紧紧插进凌云飞身体的缝隙中。凌云飞想起自己第一次抱聂小倩时，恨不得把她融化在自己怀里。他又紧紧搂着她，在她耳边轻轻说："一定带你到加利福尼亚去！"凌云飞想，自己工作调过来，收入会比以前增加些，两人不用两地跑，又能节省些开支，用不了两年，又能攒够一次去加州的钱。

　　聂小倩说："傻货！"

　　她又跳下地去，拿来个夹子。凌云飞打开后，发现里面是两张去青岛的火车票。聂小倩笑吟吟地望着他说："青岛有阳光、大海，这个季节外地的游客估计也不会多，或许就咱们两个傻货。"凌云飞抱住聂小倩哭了。

度完蜜月，日子恢复正常。同样写材料，凌云飞心情大不一样，以前好像给别人打短工，现在却是种自留地。同事们也仿佛和他亲近了，现在他们才真正成了一家人。只要不离开单位，一辈子待的时间很长，甚至比与老婆待的时间都长。凌云飞下了班，不像以前那样急匆匆回家。他喜欢在单位院子里随处转转，走的时候，在东北角的椅子上再坐一小会儿。如果正好有人问路，凌云飞会热心地站起来给他指点。他是这个城市的主人，尽管是小城，也是城市，一个市的中心呢！凌云飞甚至数清楚了院子里共有28种植物，池塘里有107只锦鲤。他想如果运气好点，五年就可以当一个科长，十年，凌云飞不敢想象十年之后自己会怎样。

　　聂小倩听从凌云飞的劝告，在原单位请了假。这事不难，谁叫凌云飞在上级部门工作呢。他和县里对口单位打了招呼，轻松得像打个呵欠就把聂小倩的假请了下来。凌云飞说："你好好唱歌，这么好的环境！"

　　凌云飞把聂小倩录的碟放到电脑里，经常装作随意地打开，居然好多人以为是王菲唱的。凌云飞很得意，他憋住不说，他想假如所有的人都听不出这不是王菲唱的，聂小倩就成功了。为了检验准确，只要有人进了他办公室，他有机会就让对方听听这些碟。单位二三十号人，再加上县里、其他单位来办事的，没有一人指出这不是王菲唱的。凌云飞心里暗暗骄傲，他想这个单位、这个大院、这座城市最优秀的人才、最大的黑马就是聂小倩，有朝一日，人们会像喜欢王菲一样喜欢聂小倩。

凌云飞当然知道聂小倩光模仿王菲还不行，那样她只会被王菲的光环紧紧罩住，最多成为王菲这颗太阳下最美丽的向日葵，自己永远也成不了太阳。但是，事情得一步一步来。

那段日子，每天晚上凌云飞回了家，总要兴致勃勃地问聂小倩："今天练得怎样？"聂小倩认真地回答："整整练了一天。"凌云飞说："唱给我听听。"聂小倩便开始唱。凌云飞全神贯注听着，听完之后抱抱聂小倩，两人才收拾东西吃饭。

吃完饭，凌云飞经常会陪着聂小倩去屋子后面的梨园里散步。这时，梨树已经长出一簇一簇的花骨朵。月光下，聂小倩瘦瘦的，有种飘逸出尘的味道，仿佛要飘到月宫里的嫦娥。每次凌云飞一想到这里就伸出胳膊把聂小倩的腰完全揽住。聂小倩问："干啥?"凌云飞回答："怕你飞走。""傻货!"聂小倩扭头朝他做个鬼脸。这样一说，凌云飞就放心了。

梨花盛开的时候，树林里更加漂亮了，经常可以看到年轻人去那里拍婚纱照。周末，家长领着小孩子们去的更多。凌云飞在办公室想到聂小倩嗅着梨花的清香在练歌，心里就觉得美美的。

3

梨花落了又开，一年过去。凌云飞刚调进来时的满足感没有了，无休止的材料像海水不断地涨潮，把他淘得干干净净，凌云飞觉得自己像荒凉的海滩。他想起和聂小倩的那次看海。可怕的是往后的日子还是这样。让他不舒服的还有单位论资排辈，他虽然调进来了，资历却浅，前几年好像给日本人干了，比他年轻许多的人也对他指手画脚。但不管心里怎样不舒服，只要回了家看到聂小倩，听到王菲的歌，凌云飞的心情便好起来。

那天和平常的一天一样，吃完饭，凌云飞边换衣服边说："出去走走?"聂小倩一动不动地说："累得不行，要不你去吧?"凌云飞的动作停止了,这是他们两人认识以来第一次有了分歧。

大概过了三秒钟,凌云飞说:"过几天花就落了。"聂小倩没有再说什么,打起精神换衣服。

到了梨树林聂小倩无精打采,凌云飞问她到底怎样了?聂小倩摇摇头说"没啥",但就是闷闷不乐。因为聂小倩没精神,凌云飞的情绪也低落了,走了几步,凌云飞说:"累的话,咱们回去吧。"聂小倩听了他的话,马上转身往回走。凌云飞望着聂小倩萧瑟的背影,情绪越来越低落,他不明白聂小倩到底怎么了。心里猜测着,不小心撞到梨树上,几朵花落下来,蔫巴巴的,花瓣已经发黄。

接下来的日子似乎和以往一样,但凌云飞总感觉有些不对头。有天他回家后,发现隔壁房东屋子里黑乎乎的。他问:"房东呢?""去看他们孩子了。"凌云飞哦了一声,觉得自己找到了原因。

聂小倩突然说:"哥,你陪陪我吧?"凌云飞马上浑身不自在,聂小倩称呼他"哥"?他问:"我不是正在陪你吗?"聂小倩忽然流下泪来,"咱们别老谈王菲,老说唱歌了,说点别的好吗?"凌云飞顿时愣住,"你不是喜欢王菲吗?你不是喜欢唱歌吗?"聂小倩摇摇头,"我感觉很累。"这是这些天她第二次说累了。凌云飞很吃惊，他想她是不是身体出问题了。每天待在家里什么也不干，怎么会感觉很累呢？

他握住她的手，柔声说："明天去医院检查下，看看哪里有毛病。"聂小倩摇摇头说："我想找份工作。"凌云飞急了，"工作有啥好呢？我现在最烦的就是工作，每天看见那堆文字就恶心。"聂小倩叹口气，不再说什么。凌云飞搂着她的腰，聂小倩的头发堆在他胸前，他没有了往日那种温暖、踏实的感觉。他突然有种恐惧，万一聂小倩得了什么病，他怎么办？他紧紧搂住她，打量着，聂小倩只是瘦，有些忧郁，不像有病的样子。

第二天晚上，凌云飞回了家，发现聂小倩在窗户边呆呆坐着，面前的窗玻璃上乱七八糟画了许多小人。他心里一阵发紧，挤出夸张的微笑问道："去医院检查了吗？"他害怕听到五雷轰顶的消息。

"检查了。我有了。"聂小倩说。

足足七八秒钟，凌云飞才反应过来，他一阵狂喜，掀开聂小倩的衣服，把耳朵贴在她肚子上，却什么也没有听到。

"刚有了，哪能听到什么呢？"

"你想他大了做什么，音乐家？"

"别说了，好不好？"聂小倩忽然烦躁起来。

凌云飞觉得她是因为怀孕，情绪不稳定。他高兴地给家里打电话，告诉他们消息，然后手忙脚乱地做饭，把米下到锅里，又跑出去买回只烧鸡。

饭后，聂小倩说太累，早早躺床上。凌云飞收拾完东西，也陪着她躺下。他们看着电视，凌云飞的手轻轻抚摸着聂小倩的肚子，感知着这个未知的生命。那天晚上，他们破天荒没有谈论王菲，没有谈论唱歌。聂小倩的脸上浮现出了许久没有出现的笑容。

聂小倩没有继续提找工作的事情，而是买回些毛线。新毛线散发着类似汽油那样的味儿，凌云飞不明白为什么会有这样的味道。聂小倩开始给未来的孩子织衣服，冰冷纤长的毛衣针显得她的手白皙细长。凌云飞发觉自己从来没有注意过聂小倩的手，她除了唱歌，干别的怎样呢？凌云飞摇了摇脑袋，就像自己，假如不写材料，干别的工作，怎样呢？

第二天，他找来几本毛线编织的书，给聂小倩带回家。

几天时间，聂小倩织完了一件红色的上衣，又开始织一件绿色的。她似乎沉浸在织毛衣的快乐中，好几天没有唱歌了。凌云飞有些焦虑，聂小倩的长处就是唱歌，喜欢的也是唱歌，世界上没有比用自己喜欢的技艺谋生再好的事情了。他想自己得帮帮她，不能让她半途而废。

通过关系，凌云飞认识了市歌剧院的专业演员叶妮。叶妮是北京戏剧学院的毕业生，获过全国青年歌手大赛的金奖，在云城这个地方，每次演出，她都会受到观众热烈的追捧。坊间传说，某位市领导对她特别青睐。凌云飞知道他们县有位铁矿老板非常喜欢叶妮，每次县里有活动，都请叶妮去助阵。叶妮呢？每请必到。有人说叶妮的金奖是这位老板捧出来的，但叶妮的歌确实唱得好，人们都说她是云城的头牌。

凌云飞让聂小倩跟着叶妮学歌。他想叶妮不是云城的头牌吗？聂小倩只要超过叶妮，她不就成头牌了吗？然后成为省城的头牌，成为全国歌坛金字塔尖上的一位。

聂小倩第一次从叶妮那儿回来，脸红扑扑的，手里提着几只大苹果和一束百合花。凌云飞问她感觉怎样？聂小倩回答："确实有水平，不愧是名牌大学出来的，又有实战经验。她唱王菲的歌不如我唱得好，但她知道怎样更好地运气、发声。"聂小倩比画着，唱了几句。凌云飞感觉她的声音更纯净了，好像把以前不易发现的一些杂质过滤掉了。

可是聂小倩找过叶妮几次之后，热情慢慢下去了，又拿起了毛线活儿。凌云飞问原因，聂小倩不说。他再问，聂小倩就急了。凌云飞担心她肚里的孩子，不再追问，心里却暗暗着急。

聂小倩的肚子慢慢现出了轮廓，她的身子瘦，肚子一大像上面顶了口锅。凌云飞猜测里面是男孩还是姑娘，不管男孩还是姑娘，他希望将来比他们强。

秋天的时候，《星光大道》要来云城演出了。凌云飞他们单位作为承办者之一，变得异常忙碌起来。他们在宾馆包了房间，连续几天加班到深夜。领导讲话已经修改了十八稿，还在继续改。开会前一天晚上的两点钟，稿子终于定下来了。领导为了犒劳他们，每人多给了他们一张票。凌云飞拿着两张票夜宵也顾不上吃，兴高采烈回了家。聂小倩在织东西。

凌云飞问："怎么还没睡？"聂小倩揉揉眼睛，打了个哈欠。凌云飞兴高采烈掏出票，"看！"聂小倩接过来看了看，随手放在桌子上。凌云飞对聂小倩的随意感到不满，解释说："《星光大道》有现场互动，这或许是你的一个出头机会呢？"聂小倩合上毛衣针，说："我不想当明星。"

凌云飞被噎了一下。他本来还想让聂小倩帮他热几口饭，也没兴致了，就脚也没洗，爬上床独自睡去。

第二天，凌云飞担心聂小倩不去，早早起来做了她喜欢吃的蛋羹。吃完饭他得去给领导送稿子，叮嘱聂小倩早点收拾好。凌云飞赶到会场时，整条街道车辆戒严了，外面围得人山人海，警察把着门，许多人根本不可能进去。凌云飞庆幸自己有两张票，座位也还凑合。

节目开始后，现场简直沸腾了，这个城市的人还是第一次观看《星光大道》现场表演，很激动，不停地鼓掌。等到中央台带来的演员表演完，主持人毕姥爷宣布观众互动时，会场里忽然有几分安静。凌云飞猛地站起来，拉着聂小倩的胳膊说："她，她的歌唱得好。"

聂小倩被请上舞台。凌云飞看见她的头发梳得不是特别整齐，后面有几根翘了起来。裤子是旧的，屁股那儿已经磨得发光。他后悔没有给她买件新衣服。

毕姥爷问聂小倩打算表演个什么节目。聂小倩说唱歌。凌云飞看见聂小倩有些紧张，他想谁第一次站在《星光大道》舞台上能不紧张呢？他屏住呼吸期待着这个非常重要的时刻。

"小背篓晃悠悠，笑声中妈妈把我背下了吊脚楼……"

凌云飞慌了，聂小倩怎么唱的不是王菲的歌呢，唱起了《小背篓》？台下安静了两三秒钟，马上笑声夹杂着掌声响了起来。凌云飞仔细看，挺着大肚子的聂小倩像倒背着个小背篓。他的头嗡嗡响，接下来聂小倩唱的什么他根本听不到。直到聂小倩被毕姥爷送下舞台，凌云飞怒气冲冲地问："你为什么不唱王菲呢？"聂小倩说："王菲，王菲，老是王菲！宋祖英有啥不好呢？"当着周围这么多人，凌云飞不好跟她吵，心里叹息把个好机会失去了。

回去之后，凌云飞还在闷闷不乐。聂小倩又拿起了毛衣针。凌云飞突然发作起来，"织，织，让你织。"他跑出门外，一会儿买回一大袋子毛线，堆在聂小倩面前。聂小倩打开袋子，拉起一根线在手里慢慢捻了几下，又凑到光亮处看了半天，慢悠悠地说："不是纯毛的。"凌云飞顿时泄了气，一屁股坐在炕上，竟然呵的一声笑了。

过了几天，聂小倩忽然对凌云飞说："告诉你个好消息。"

凌云飞问："什么好消息？"

聂小倩说："王菲和李亚鹏离婚了。"

第二天，凌云飞到单位打开电脑，网上铺天盖地都是王菲和李亚鹏离婚的消息。凌云飞感觉心里空空的。他找到收藏王菲歌曲、电影的那个文件夹，刚要点开《重庆森林》，领导叫他。明天要参加书画活动，要他写个发言稿。

凌云飞一字一句斟酌着领导讲话，修改到晚上十二点多，才定了稿。

走出单位大门，街灯的光像黄沙一样铺满马路，寂寞萧条。凌云飞走了好久，没有遇见一个人。凌云飞有种梦游的感觉，他怀疑王菲离婚的事情到底是不是真的。他避开主道，从巷子里走。忽然从一间酒吧里掉出个胖大的男人，紧接着急促的高跟鞋声音跟出来。男人在呕吐，高跟鞋返回去，出来时端着杯水。男人呕吐完，一把把纸杯打翻，水溅在女人脸上，她抬起头来擦拭，凌云飞发现高跟鞋竟然是叶妮。胸前白花花的，凹下去的沟里，有块碧绿的翡翠，莹莹闪着光。

凌云飞打听到市里最好的录音棚，录了十几张聂小倩的歌，分别寄给他能找到的各大音乐公司和网站。

孩子出生了，是个姑娘。没有收到任何公司的回复。

凌云飞听着孩子哇哇的哭声，整个世界在他眼前仿佛就变成眼前这片哭声了。很快，凌云飞知道，目前最需要的是聂小倩充足的奶水、尿布、卫生纸、痱子粉……而不是唱歌，不是王菲。

凌云飞给她起名叫晓晓，早点晓得事理，明白自己是普通家庭出生的小小众生中的一位。聂小倩没有反对。

4

聂小倩的母亲来照顾她坐月子。

晓晓只会躺在床上，肚子一抽一抽哇哇大哭。聂小倩披着衣服坐在床上，身上冒着一团团热气，脸上洋溢着安静、幸福的表情。老太太脸上、手上满是老年斑，耳朵有点聋，与她说话需要大吼。凌云飞望着三代女人，看见自己已经不可避免地在老去的路上飞奔。他还在写材料，这活儿不像别的岗位上的工作，有人愿意接手。大家都躲得远远的，只要一沾上，基本摆不脱，除了提拔或调离这个单位。

单位空出个科长位置。凌云飞和另一位同事都符合条件，两人暗暗使劲儿。凌云飞变得更忙了，每天不处理完手头的事情不回家，领导办公室的灯亮着也不回家。他还买来《新华字典》《现代汉语》和《历代皇帝奏章》，认真学习，力求使自己的材料写得更加完美。每次凌云飞拖着疲惫的身子走在回家的路上，想起孩子总有股力量。

他每天多绕二里远的路去给聂小倩买新鲜的土鸡蛋，买黄豆、猪脚给她催奶。他希望孩子长得健健康康。

满月过去，岳母有事回K县了。凌云飞这边没人。做饭，喂孩子，洗尿片，生火，倒垃圾等等一大堆事情，落在凌云飞和聂小倩身上。凌云飞白天得去上班，这些事情就落在聂小倩一个人身上。

晓晓有夜哭的毛病，每天晚上总要来那么几次。开始凌云飞听到哭声，赶忙爬起来帮忙。后来累得不行，有时便懒得动，迷迷糊糊又睡着了。睡梦中，只听到聂小倩在动来动去。

凌云飞单位领导的脾气很不好，人又很挑剔，一份材料总要不停地改来改去，还喜欢说些侮辱人的话。凌云飞暗暗忍着，一回家，累得坐到沙发上就不想起来。但他只要一说累，聂小倩就也说累。凌云飞知道带孩子不容易，他不愿争吵，为了孩子，再苦再累也值得。他喜欢孩子咿咿呀呀地叫，皱着小眉头哭，把他的手指头拉进嘴里用劲咬，还有那带着奶腥味的尿。

有一天，凌云飞正用手量孩子的身高，孩子痒得咯咯笑，凌云飞也笑。聂小倩突然发火了。她说："你不能干点别的吗？回了家来，不是挂念王菲，就是唠叨单位的破事，逗孩子玩。"

聂小倩说完突然哭起来。她几乎不发出丁点声音，眼泪绵绵不绝地流出来，带着清鼻涕，滑过下巴一串串掉在地上。凌云飞从来没有见过人这样哭，仿佛里面蕴含着数不尽的痛苦。聂小倩鼻子上的雀斑经过眼泪的浸泡，清晰起来，颗颗如豆。凌云飞拍拍她的肩膀，递过几张面巾纸，他想心里不痛快，哭哭会舒服些。聂小倩不接，肩膀一抖一抖的，猛烈颤动。

孩子感受到这种压抑的气氛，瞪大惊恐的眼睛望着妈妈。凌云飞悄悄在孩子屁股上拧了一把，晓晓大声哭起来。聂小倩这才止住泪，赶忙去抱孩子。

孩子睡着之后，凌云飞也睡着了。睡梦中，他听见聂小倩在哭。他不知道是否是梦，不愿意醒来，害怕看到聂小倩真的在哭。

但被聂小倩用脚碰醒了。

聂小倩眼睛红红的，已经肿了，鼻尖上还挂着清鼻涕。凌云飞搂住她，吻了吻她的脸，一片冰凉。

聂小倩说："哥。"凌云飞打个冷战。他不知道怎么回事，特别害怕听到聂小倩叫他"哥"。"我闷。"她说。

凌云飞说："要不你参加个歌友会，或者随便个什么活动，星期天我来带孩子。"聂小倩把手伸到凌云飞手掌中，用带着哭腔的声音说："我一点儿也不想唱歌了，没有那种心情。"凌云飞说："你整天一个人待家里带孩子，确实闷。那你想干啥呢？"说这话时，他又在想聂小倩的长处只是唱歌，补充了一句。

聂小倩听了凌云飞的回答，叹口气。凌云飞感觉掌中聂小倩的手温快速地下降，很快变得像坨冰。他攥紧这只手，想把它温暖，可是聂小倩用劲儿把它抽出去，说："睡吧。"

一天，凌云飞回家后，发现聂小倩怪怪的，与平时不大一样。她在唱王菲的《心经》，"观自在菩萨，行深般若波罗蜜多时，照见五蕴皆空……"

许久没有听到聂小倩唱歌了，唱的还是王菲的《心经》，凌云飞以为聂小倩的心情变过来了，心里一阵高兴，顿时觉得轻松许多。有一瞬间，他想起了初听聂小倩唱歌的情景。

后来，回家便经常听到聂小倩在唱《心经》。开始凌云飞不以为然，可是听得多了，他心里有些恐慌，她除了这首歌，其他哪首也不唱了。

凌云飞不知道该怎么办，想劝劝她，又怕干扰了她现在似乎好起来的心情。他便想，过上一段时期，她唱腻了，或许就不唱了。忽然他想到聂小倩这段时间不抹口红了。他记得以前问过聂小倩，嘴巴为什么涂那么红？她说自己太普通了，想增加点亮色。现在不抹口红了，聂小倩的嘴显得有些苍白，整个人确实有点灰扑扑的。

又有一天，凌云飞发现聂小倩在读佛经。他有些诧异，但觉得读读佛经不错，王菲还皈依了呢。宗教有种奇异的力量，或许借助这种力量，可以让聂小倩心里舒服些。

慢慢地，家里在发生变化。先是墙上有了幅观音菩萨的画像。几天后，画像前摆了只香炉。很快，香炉两边多了小碟和小瓶。又过几天，小瓶里插了两束花。凌云飞觉得这样摆着也挺好看，他还想到"借花献佛"这个词。有时上班前，他还在观音菩萨前拜一拜。后来，家里买来水果，聂小倩总要在碟里摆放几个，凌云飞觉得挺有意思。

这些水果每次在腐烂之前被洗洗吃掉了，也和其他的没什么不同。

又过了一段时间，聂小倩开始念经，像唱歌一样，就是比较单调。

这时孩子安静地在炕上躺着，房间里弥漫着香的味道，观音菩萨慈眉善目望着她。凌云飞抱起孩子，拿起供在碟子里的苹果，边嚼边喂，他感觉这只苹果味道似乎不一样，又说不清，可孩子挺爱吃，不一会儿父女俩把个苹果吃完了。

孩子会爬了，会扭着肚子笑了。凌云飞感觉自己的责任也重了。他在单位表现更加积极，一篇小稿，写完至少要改五六遍，连标点符号也不放过，最后还要认真再念几遍。

没想到聂小倩真的信佛了。凌云飞第一次看到聂小倩跪在观音菩萨面前，觉得眼前这个身躯里的人好像是另一个人。后来她每天都是这样，凌云飞每次看到都不舒服。而且聂小倩不吃荤了，做的饭菜越来越寡淡。她不唱歌了，还开始给他讲些因果轮回的事情，让他一起"修行"。凌云飞觉得聂小倩走得有点远了，听着开始烦，想起两人没结婚前谈论音乐、理想的日子，很纳闷生活怎么会变成这样。这个聂小倩根本不是他当初喜欢的那个聂小倩，可是她鼻子上的七八个雀斑明明白白写着她就是聂小倩。

聂小倩除了自己念经不说，还经常把佛经放在凌云飞的枕头边。凌云飞知道聂小倩的意思，但他一次也没有翻开过。他整天琢磨着怎样把材料写好，让领导满意。

不管凌云飞怎样努力，单位上的那个科长职位就是不给他。有聪明人说，领导不好平衡关系，虽然他工作辛苦，可是另一个人资历老。

凌云飞回了家，和聂小倩讲这件事。聂小倩沉默良久，问道："要那个科长干什么？"凌云飞本来有一大堆理由讲，可是聂小倩这样问，他觉得一句也说不出来了。他想起当初他们攒够钱，想去加利福尼亚时，正是聂小倩突然提出要把它拿来打点关系。这个聂小倩还是那个聂小倩吗？但他没有这样反击，而是问道："你整天念经是为了什么？""心里安宁。"凌云飞说："我弄个科长也是为了心里安宁，我不想让整天什么也不干的人爬到我头上，再对我指手画脚。"聂小倩说："觉得难受别干了。""别干了？"凌云飞想不出聂小倩会提出这么个建议，好像她不食人间烟火似的。他反问："不干了干什么？""放下就可以了，我们对你也没有太多的要求，怎样还养不活三张嘴？"聂小倩脸上的表情平静极了，像张画皮。凌云飞恼怒地说："说得轻巧。"

其实他在心烦痛苦的时候，也多次想过放下，可又想放下这个干啥呢？当时吃了那么多苦，千方百计调来，连加州也没有去，还不是为了现在？可是现在，他快乐吗？他突然想，要是当初待在D县，不往云城借调，就不会有这些痛苦的事情，也不会认识聂小倩，自己或许会过得更舒服一些。

凌云飞继续写材料，聂小倩继续念经，他们变得像两条平行的轨道。

回了家，两人做饭，吃饭。收拾完东西，聂小倩坐在观音菩萨面前念经，凌云飞躺在床上逗孩子。屋后的那个梨树林，他们很久没有去过了。有时凌云飞看见人们在树林里拍照，觉得有些不可思议，那里有什么风景呢？

每当孩子冲着凌云飞天真地笑时，凌云飞想，自己小时候不就是这样，怎样过不是一辈子？他忽然有种认命的想法，自己活得太累了。

有一天，凌云飞回家走到门口，没有听到往日熟悉的念经声，静得他有些不习惯。进了屋子，聂小倩和孩子都在炕上躺着，孩子睡熟了，聂小倩搂着她盯着天花板发呆。凌云飞心里顿时有种轻松的感觉，她终于不念经了，但马上又觉得很异样，一种说不出的感觉让他毛骨悚然。

他在屋子里张望半天，发现水瓮边的地上有一大摊水。但那只是一摊水。凌云飞搞不清聂小倩为什么把一大摊水弄地上。

他像往常那样动手做饭。中间，聂小倩没有说一句话。

饭好之后，凌云飞端上来。孩子忽然醒来了，哭。顿时，凌云飞感觉孩子不对劲。以往孩子哭的声音很高，隔得老远都能听见。今天面对面，哭起来却细声细气得像小猫在叫。凌云飞抱起孩子，她穿的不是早上那身衣服。凌云飞观察她的鼻子、嘴，里面都没有堵上东西，但哭的声音明显不对劲。

凌云飞问："晓晓怎么了？"

"掉水瓮里了。"聂小倩低声回答。

凌云飞把孩子颠来倒去看个遍，其他地方没有半点毛病，就是哭的声音非常细，感觉像以前声音的千分之一。凌云飞茫然地听着这个细小的声音。

聂小倩说："报应。咱们当初不该把那个孩子做掉。"

"报应个屁！"凌云飞恨不得朝这张故作高深的脸上揍一拳，但他顾不上，抱上孩子匆匆忙忙去了医院。

医院检查半天，晓晓声带受损了。医生说没啥好办法，或许随着年龄增长，会慢慢恢复正常。

接下来，家里开始冷战。凌云飞每天下班回家后，就凑到孩子跟前，经常故意挠她一下，或者吓她一下，希望听到她响亮的声音。可是晓晓只会细细地回应。直到她会说话，还是细声细气的，没有丝毫恢复的迹象。

凌云飞每次听见这种声音就抓狂，晓晓没有个好的出身也就罢了，连个正常人的声音也没有，他觉得对不起孩子。这时他看聂小倩的目光就非常冷。而聂小倩，还是不停地念经，丝毫没有接受教训的表现。凌云飞觉得她非常愚蠢，大概以为念经能把晓晓念好。

有一天，凌云飞终于忍不住，冲聂小倩怒喊道："你这样念有个屁用，当初好好带孩子就不会出事了。"聂小倩一脸平静地望着凌云飞说："你不懂。"凌云飞愤怒了，他想抓点什么扔地上，弄出点响动。在屋里观察了半天，抓住自己的头发，用劲撞墙。

聂小倩看到凌云飞的样子，说："要不咱离了吧？"

"离了？晓晓这么小，又有这种毛病，多可怜！"凌云飞撞墙的动作停止了。

"孩子有孩子的福，咱们离了也可以好好疼爱晓晓。"聂小倩似乎经过了深思熟虑，她说，"你是公务员，离了再找一个也容易。反正你也没有真正喜欢过我，你喜欢的是王菲，是歌。"

凌云飞说："王菲你不是也喜欢，歌你也爱唱吗？为什么不唱了？"聂小倩说："世事纷扰，总有因果，以前唱是因果，现在不唱也是因果。"

5

生活变成这样，让凌云飞措手不及。

有天，趁聂小倩不在，凌云飞翻了翻她念的经书，大吃一惊。《楞严经》《解深密经》《大般涅槃经》……凌云飞本来以为聂小倩只是念念《心经》《金刚经》等这些时髦的经书，排解心中的烦忧和苦闷，没想到她已经深入到如此地步。更让他惊讶的是，晓晓也开始细声细气地背佛经了，"观自在菩萨，行深般若波罗蜜多时，照见五蕴皆空……"

知道啥是个五蕴皆空？这么小！

凌云飞在一天晚饭后，对聂小倩说："你待家里闷，可以出去找份工作。不想唱歌，可以干你的本职，当个幼儿园老师，或者做个售货员、收银员、业务员，即使去跳广场舞也比一人待在家里念经好啊！"

聂小倩轻轻一笑，问道："你每天写那个材料有啥用呢？"凌云飞说："这能比？"聂小倩说："为啥不能比？"凌云飞说："写这些东西，咱们才有饭吃。"聂小倩说："我念经，为了以后。"凌云飞说："你以为我想写吗？不写没办法。"聂小倩说："不想写别写了。你不喜欢干的事情还每天干着，我喜欢的事情为啥不能干？"说完，她开始点油灯、上香，在草垫上跪下磕头，拜观音菩萨。轻轻的念经声像唐僧的紧箍咒，仿佛响彻天地间，让凌云飞心烦意乱。

有时凌云飞望着墙上的观音菩萨画像想，佛是来普度众生的，却为何破坏他的家庭？越想越觉得画上慈眉善目的佛像别有意味。

一个星期天，聂小倩说要出去。凌云飞没有多问去哪里，现在只要聂小倩不念经，做什么他都乐意。他说多带点钱。他希望聂小倩出去见到以往熟悉的生活，会有点改变。

家里剩下凌云飞和孩子，少了嗡嗡的念经声，耳根清净不少。凌云飞收拾房间，发现王菲的碟和聂小倩录的碟乱七八糟堆在柜子上，落满灰尘，他伸手上去，留下几个触目惊心的指印。凌云飞伤感地擦拭着上面的灰尘，以前的生活一幕幕浮上心头，他越擦越伤心，一气之下，把它们都塞进了炉子里。塑料燃烧散发出的刺鼻味道立刻弥漫了整个房间。凌云飞嘿嘿冷笑着想，曾经万分珍惜的东西，原来不过是几块烂塑料，发出的臭味儿和别的塑料没什么差别。他把墙上的观音菩萨像团在一起，与桌子上的香炉、碟子、瓶子一股脑塞进炉子里。观音画像呼呼地烧起来，屋子里马上热乎乎的。这股热劲过后，因为香炉、碟子、瓶子不易燃烧，压住了火，屋里又凉下来。凌云飞加了炭，拉着晓晓说，咱们看电影去。

半上午，电影院的放映室里人非常少，偌大的空间只有凌云飞、晓晓和另外一家三口，显得异常冷清。那一家三口边看边发出吃吃的笑声，小孩不断和母亲低声交谈，让凌云飞觉得更加冷清。他希望晓晓也发出快乐的笑声，可晓晓看这场电影有些吃力，许多地方看不懂，偶尔发出点笑声，也是细声细气的，让凌云飞更加难受。

　　电影看到一半，晓晓睡着了。凌云飞抱着她出来去了肯德基，里面的淘气堡马上吸引住晓晓。她细声细气地问："爸爸，我可以玩吗？"凌云飞赶紧帮她脱鞋。晓晓和另外几个小朋友很快就玩熟了，不住地发出细细的笑声。她对凌云飞说："爸爸，真好玩。"凌云飞说："以后爸爸每个星期带你来玩。"

　　玩完之后，吃了肯德基，晓晓开始打哈欠。凌云飞背上她回家。

　　回了家，屋子里很冷。凌云飞揭开炉盖，发现火被压灭了。他把炉子里的东西掏出来，那些香炉、碟子、瓶子烧得乱七八糟，扭作一团。他把它们扔了，重新添柴，加炭，点火，屋子里又开始热起来。凌云飞搂着晓晓睡着了。

　　傍晚时分，聂小倩回来，脸上带着久违的欢乐笑容。凌云飞有些惊讶。聂小倩说："我皈依了。"说着拿出个绛紫色的本本。凌云飞怀疑地拿过来，像个工作证那么大的东西，印着"××省佛教协会印制"。翻开里面，赫然盖着佛教协会的皈依证监制章。聂小倩的一寸彩照旁边，写着"法名了然。佛历二五五〇年"。凌云飞顿时心里空空的，像穿越到了另外一个世界。

一只虫子在屋子里嗡嗡飞着，明明是冬天，怎么会有飞虫？凌云飞拿起本书朝它扔去，虫子没打着，书落在热水瓶上，轰的一声响，瓶胆炸了。晓晓惊醒，细声细气喊妈妈。

聂小倩轻轻地拍着她。

凌云飞说："你信佛就信佛吧，为啥非要念经，非要吃素，非要皈依？拘泥于这么多的形式，多做好事善事不就得了？你看人家济公，'酒肉穿肠过，佛祖心中留'。"聂小倩说："我没有济公那本事，吃了鸽子肉，还能从嘴里再变出一只鸽子。你只知道济公说的前两句，不知道后面还有两句，'世人若学我，如同进魔道'。学佛并不是简单的做善事就好了，我学佛就是为了要明白。"

凌云飞望着聂小倩平静的面庞，嘿嘿冷笑起来，自言自语道："明白。要明白什么呢？连怎样好好生活也不明白，追求什么歪门邪道。"

这时聂小倩发现房间里少了东西，她东张西望之后，四处翻找起来。然后，紧紧盯着凌云飞问："你把它们放哪里去了？"凌云飞心里害怕起来，后悔把那些东西烧了。他说："需要的话，明天再去买。"聂小倩继续盯着他问："你把它们放哪里去了？"凌云飞握了握她的手说："我去做饭。"聂小倩用劲儿挣脱他的手，眼泪哗地流了下来。

凌云飞做好饭，聂小倩还在哭着。凌云飞握了握她的手，一片冰凉，像冻僵了的小鱼。他把饭给她盛碗里，放前面。她不吃，只是流泪。

晚上，她把铺盖搬到了另一间屋子，领走了晓晓。后来，房间里传来念经声。

凌云飞躺在炕上，看见贴过观音像的墙上留下长方形的白印，像生活被生生揭去一块皮。

凌云飞开始喝酒。

以前他觉得喝酒费钱，浪费时间，喝多了还难受，伤身子，不明白为啥那么多人留恋酒桌。现在他明白了，酒是个好东西，喝多了可以让人忘掉忧愁和烦恼，包括自己。每次他喝多，走路摇摇摆摆像腾云驾雾，不再怕马路上的车流和巷子里的流浪狗，倒是这些玩意儿见了他统统躲开。他可以大喊大叫，放声歌唱，有次踩空掉进没盖的窨井里面，爬出来之后不仅没摔着，而且一点儿也不疼，这种感觉太爽了。

单位上平时人和人之间互相提防，现在一伙人坐一起，喝上二两酒就可以称兄道弟，亲热起来，包括那些职位高的人。以往各个科室有了活儿总是推给他，现在与各位主任喝酒，本来属于他干的活儿他们居然安排给了别人。凌云飞觉得自己喝得太晚了。有几次他喝得太多，吐出胆汁，难受得恨不得去上吊，可第二天还是想再喝。

最让凌云飞高兴的是，回了家，他躺在炕上，恶心了吐下之后，聂小倩不得不拿着扫帚、簸箕过来给他打扫，而且还现出担忧的神色，劝他少喝点儿。这时念经声停止了，总是弥漫着香烛味道的屋子里有了酒精味儿，聂小倩平静的脸上也有了变化，像平静的水面被伸进手指头搅了搅。

凌云飞真的喜欢上了喝酒，他没有想到喜欢上一样东西竟然这么容易。

每天快到下班时，凌云飞就忙着组织酒局。有次凌云飞喝多了，在酒桌上大声骂起单位领导，"XXX个逼，没能力没水平，只是手长。"唬得坐在旁边的人赶忙掩他的嘴。酒醒之后，凌云飞有些害怕。但几天后大家坐在一起，讲起凌云飞那天的失态，都很开心，还有人夸他是性情中人。

一天，下边有个县里给凌云飞单位送了些羊肉，每人二斤。凌云飞路上买了胡萝卜，兴高采烈地准备回家包饺子。走到门口时，听见念经声，一股恶念涌上来。进门后，他冲着聂小倩说："你看这块羊肉怎样？"

"嗯！"聂小倩说。

"我偷来的！"凌云飞说，"我走在街上，看见前面有个人自行车架上夹着块肉，他大概喝了酒，车子骑得歪歪扭扭。我想和他开个玩笑，就把他的肉拿了下来，没想到他根本没发现。嘿嘿！"

聂小倩的脸马上变得煞白，"你偷？"她质问道。

凌云飞没想到聂小倩对"偷"这样敏感，有种踩住她尾巴的感觉，快意涌上来。他涎着脸说："这算不上偷吧，和他开个玩笑。"

聂小倩的泪掉出来。

凌云飞感觉自己的目的达到了，慢悠悠地说："骗你的。这是我们单位发的，每人二斤，不信你问去。"

聂小倩不相信，不理他，泪更多了。

凌云飞看着聂小倩流泪，没有像以前那样惊慌失措，而是有种开心的感觉。

第二天下班后，凌云飞又喝得醉醺醺，一扭一拐往家里走。看见有家饭店的山墙边靠近油烟机的地方挂着几只风干的鸭子，他想起昨晚自己说羊肉是偷来的，聂小倩的怪样子，便蹭过去，顺手摘下一只。

回到家里，他故意提着鸭子在房间里晃来晃去。聂小倩脸色一片苍白。

第二天。

第三天。

凌云飞每天回家路过那家饭店顺走一只鸭子，尽管第一次拿回去的还没有吃。他喜欢看聂小倩脸色苍白的样子。

第四次他再去拿的时候，有人在后面抱住他。"就是他，他偷了咱们的鸭子。"饭店里蹿出好几个人，有个穿厨师衣服的男人脑袋特别小，梳着条马尾辫。凌云飞冲他点点头，哈哈笑起来。一个耳光火辣辣地扇在他脸上，凌云飞继续笑着。拳头和脚板朝他身上落下来，凌云飞感觉到了疼，但他没有躲闪，他有种恨恨的快意，仿佛这些人打的不是他，而是聂小倩，是观音菩萨、佛祖。他呢？躲在一边偷笑，这些人揍得越狠，他越高兴。

当凌云飞鼻青脸肿地出现在聂小倩面前时，她怀里的晓晓细声细气地大哭起来，还"爸爸，爸爸"喊叫着。凌云飞知道这是女儿心疼他，顿时感觉今天这顿打挨得真值。他理直气壮地说："我偷鸭子被人发现了。"

聂小倩脸色唰地由紧张变成愤怒，她瘫坐在炕上，像块被拧干水的抹布，头低垂着，两条腿张开，袜底干巴巴的，闪着纤维磨久了特有的那种亮光。

凌云飞为了继续刺激聂小倩，又重复一句："我偷鸭子被人发现了。"

6

凌云飞开始变本加厉放纵自己，撒谎，喝酒，打架，骂人，偷东西。

一天回家，凌云飞发现邻居门洞里的母猫拖着大腹便便的肚子，行动很迟缓。他扑上去抓住母猫。母猫大概嗅到了危险气息，死命挣扎，对他又抓又咬。它尖锐的牙齿和锋利的爪子没有使凌云飞放手，反而让他抓得更紧。他捏着猫的后脖子，走到院里，用劲把它朝墙上摔去。猫哀鸣一声，落到地上，打个滚，爬起来要跑。凌云飞追上去，再次抓起猫，使劲朝墙上摔去。猫像团烂泥从墙上滚下来，墙面留下一道触目的鲜红色血迹。猫躺在地上闭上眼睛，但它的肚子还在蠕动。房东两口子听见猫叫跑出来，看见死猫瞪大了惊恐的眼睛。聂小倩也出来，像猫一样发出恐怖的尖叫。聂小倩的叫声鞭子似的抽在凌云飞身上，他上前一步，一脚狠狠踩在猫肚子上，拧了几下，屎、尿、血和几团小肉块从猫肚子里流出来，蠕动停止了。凌云飞一脚把它踢飞。

凌云飞进了屋子，脱下皮鞋，认真擦上面的脏东西。他擦得格外认真，鞋带那儿也不放过，连串鞋带儿的每个窟窿眼儿也慢慢擦。聂小倩看着凌云飞，一句话也说不出来，身子簌簌发抖。凌云飞擦好之后，又用布子打，一次又一次，鞋变得油光发亮，仿佛沾染了生命的气息，活了起来。聂小倩开始打嗝，一个接一个，喝水，掐手指，捶胸，打喷嚏，怎样也止不住。

第二天，房东老太太找过来，要求他们搬家。凌云飞脖子一梗说："搬个X？时间还没到。"一脚踹在对面镜子上。凌云飞看见镜子里面的聂小倩碎成了无数片。聂小倩拉着老太太的手走出去，低声说："我劝劝他，不会再这样了。"老太太说："开始见你们是正经人，正儿八经上班，才留下你们。"聂小倩拍拍她的肩膀，低声说："我们每个月加二十元钱。"

自那以后，凌云飞发觉聂小倩不再提离婚的事情了，而是更加努力地念经。他想再认真念顶个屁用，就像自己那么认真写材料也升迁不了。但很快，他发现聂小倩不光念经更勤奋，而且经常去医院和敬老院做义工，还拿上家里不用的一些东西送人。他想聂小倩真的走火入魔了，自己的日子过得这样紧巴，还接济别人。

聂小倩买来鱼虾猫狗乌龟等动物放生。晓晓很喜欢小动物，聂小倩买来它们，晓晓总想留下只玩玩。初时，聂小倩满足孩子的愿望，让她养过小鱼、小乌龟。可是养上一段时间之后，它们无一例外地都死了。晓晓看见它们死了伤心地流泪。凌云飞怪腔怪调地说："看，又死了一只。行善积德，怪我杀猫，你们杀了多少？"聂小倩感到这些动物虽然不是她亲手杀的，但和她有极大关系，便任凭晓晓哭闹，家中再不养任何小动物。

一次凌云飞喝了酒，在单位门口和保安吵架。李副局长看见把他拉走了。他喷着酒气面对凌云飞说："我以前认为你是局长的人，有些冷淡你，现在看来他没有关照你的意思，我倒觉得你是个人才。要不你找局长谈谈，我也找他谈，解决你的科长问题？"

晚上凌云飞提了两瓶五粮液去了局长家。他一进门，把酒放到桌子上，局长的脸就冷了，他说："小凌，你有啥事说就行了，千万别来这个。"凌云飞心里怯了一下，但想起李副局长的话，不就是"公事公办"吗，就说："一点儿不值钱的东西，过来看看您。"局长好像真生气了，突然声色俱厉地说："把东西拿走！要是这样，你以后别进我家的门，也别希望在我手里办任何事。"凌云飞有点蒙了，酒放也不是，拿也不是，感觉身上很冷，低头看着脚下的木地板，地板光滑如镜，映照出他轻飘飘的影子。尴尬间，局长的老婆忽然出来了，她把酒塞到凌云飞手里说："小凌，千万别拿东西来我们家啊。该办的事，局长会帮你办的。"然后朝他身上稍稍使了点儿劲，凌云飞就不由自主地朝门口走。

出了局长家的门，凌云飞才反应过来自己是被推出来的。搁在当初，他肯定恨不得找个地缝钻进去，但是现在他没那么脆弱了，不就是"公事公办"吗？他冷静下来很快想出一个办法。反正局长知道五粮液是他凌云飞的，他也不再敲门了，径直把两瓶五粮液放在局长门口就走了。

第二天上班，什么事也没有，凌云飞暗中观察局长，也看不出任何端倪。五粮液被上下楼的人拿走了？凌云飞不排除有这个可能。过了两天，他狠了狠心，又买了两瓶五粮液，晚饭后又放在了局长家的门口。

放到第三次的时候，凌云飞有点撑不住了，倒不是他怀疑这个计策的作用，而是心疼钱，两瓶五粮液就是他半个月的工资，四瓶就是一个月的工资。聂小倩不上班，全家就靠他的工资生活啊。好在送了三次以后，事情出现了转机。局里突然召开会议研究人事问题。局长带头说写材料的工作很重要很辛苦，凌云飞写了多年，组织应该考虑他，体现能者上、贤者上的精神。李副局长马上呼应，充分肯定了凌云飞的贡献，然后，凌云飞就做了科长。

　　凌云飞长长地舒了一口气。

　　凌云飞当上科长，应酬猛地多了。坐到酒桌上，经常被让到中间，左一个凌科长，右一个凌科长，人们亲热地称呼着他，敬他酒。许多人找他来办事，带着东西。

　　那次一群人喝了酒，去东方明珠唱歌。一排闪闪发亮的小姐，暧昧旋转的霓虹灯，凌云飞醉眼朦胧。

　　忽然听到一个熟悉的旋律，"有时候，有时候，我会相信一切有尽头"，"一切"两个字稳稳地降了下去，缥缈又清晰。

　　几年前的情景浮现出来，又瘦又弱的聂小倩，鼻子上满是雀斑的聂小倩，正在县里帮忙的村官聂小倩。

凌云飞冷笑一声甩甩头，怎么还想这些？他端起酒杯，旁边的姑娘马上也端起酒杯，嘴唇凑过来，散发着脂粉的香味儿。"有时候，有时候，我会相信一切有尽头"，旋律又绕到这儿。

凌云飞站起来，望着屏幕前拿着话筒、衣着暴露的姑娘，觉得像是幻觉。

有多久没有听这首歌了？凌云飞茫然地想。

姑娘好像陶醉在歌里，闭着眼睛，唱得几乎和聂小倩一模一样，尤其是"宁愿选择留恋不放手""等到风景都看透"这几句，把握得好极了。凌云飞明白这是真的，他想起了《重庆森林》、阿菲、加利福尼亚的阳光和大海。

姑娘唱完之后，凌云飞坐在她旁边。看见姑娘脸上散布着些不均匀的黑色的痘痘，不禁心里咯噔一下，他想起聂小倩鼻子上的雀斑。

凌云飞问姑娘还会唱王菲的啥？姑娘点了《流年》。

"爱上一个天使的缺点，用一种魔鬼的语言，上帝在云端只眨了一眨眼，最后眉一皱头一点，爱上一个认真的消遣，用一朵花开的时间，你在我旁边只打了个照面，五月的晴天闪了电……"

爱上一个天使的缺点。除了聂小倩，凌云飞没有见过谁能把王菲的歌唱得这么好。

那天晚上，临分别时，凌云飞与姑娘互相留了电话。

姑娘居然也叫小倩。凌云飞听她这样说时，有些惊奇，哪能这么巧？他认为姑娘和娱乐场所中所有的女的一样，随便给自己取个名字，骗骗客人。当他脸上浮现出那种不相信又理解的微笑时，姑娘生气了，她掏出她的身份证让凌云飞看。

王小倩。真的叫小倩。

凌云飞与王小倩开始约会。

王小倩很爱说话。她说她们家住在大山里，特别旱，家家户户都在院子里挖着旱井。一盆水，妈妈洗了脸她洗，她洗了爸爸洗，洗黑了也舍不得倒，放着继续洗手。喝的也是这里面的水。坡地上种满向日葵，到了秋天，漫山遍野的金色，像着了火。冬天，她和爸爸去城里卖瓜子，冬天真冷啊！王小倩说到这儿，缩着身子，表演那个冷。凌云飞不由与她往紧靠了靠。王小倩说人们说她歌唱得好，出来唱歌能赚大钱，她就出来唱歌了。她唱一个月歌，比她和爸爸卖一冬天瓜子挣得都多。

凌云飞望着王小倩脸上的黑色痘痘，有些心疼，问她有何打算？

王小倩说："挣上钱回县城买间门面房，爸爸卖瓜子就不用再在野地里受冻了，还可以卖榛子、葡萄干、糖炒栗子……"糖炒栗子你爱吃吗？"王小倩问，"听说可以益气血、养胃、补肾、健肝脾，还可以治疗腰腿酸疼、舒筋活血。可惜很贵。"她叹口气。

凌云飞说："我给你买。"

他拉着王小倩去了"栗子老人"店。一斤十二元。凌云飞说："来二斤。"王小倩说："半斤，多了吃不了。"

大概过了两个月，凌云飞对王小倩说帮她找了份工作。

王小倩眼睛一亮，问："一月能挣多少钱？""两千。"凌云飞吐出口之后，忽然发觉底气很不足，但他一月工资才三千出头，这已经是朋友尽了最大努力。"太少了，"姑娘有些惋惜地说，"我不能去，我得早点攒够钱买房子，我们那儿的冬天太冷了。"

当科长以来掌控大局的那种优越感顿时消失，凌云飞买了包栗子塞进她手里。他问："你见过大海吗？"王小倩摇摇头。凌云飞问："你想过去加利福尼亚吗？"姑娘说："听名字是外国吧，太远了。"凌云飞笑了，这个姑娘是王小倩，不是阿菲，不是聂小倩，更不是王菲。

王小倩继续在东方明珠唱歌。凌云飞隔段时间去一次。王小倩唱王菲的歌，两人聊天，或坐着发呆。

王小倩说："哥，你是好人，不像那些男人。我虽然为了挣钱，但是从心眼里瞧不起他们。"

凌云飞听王小倩叫他哥，与聂小倩叫他时的那种感觉完全不一样，他脸红了，想起在东方明珠第一次遇见王小倩，他醉醺醺的下流样子。从这之后，他对王小倩更规矩了，不越雷池一步，过头的玩笑话也不说。

一天，凌云飞点了王小倩的钟，半个多小时她才过来。一副没睡醒的样子，眼神茫然，黑色的痘痘好像更明显了。凌云飞心里有种不安。还没等他说话，她问："哥，你相信流年吗？"凌云飞想起自己这些年来走过的路，尤其是想到聂小倩，心头一痛。

王小倩拿起话筒，唱起《流年》来。

"爱上一个天使的缺点，用一种魔鬼的语言……""懂事之前情动以后，长不过一天，留不住算不出流年……那一年让一生改变……"

唱着唱着，王小倩的眼泪流下来。一种苍凉的东西堵在凌云飞心口，他想这是一位溺水的人，可偏偏自己也是个溺水的人，看着对方越坠越深，却丝毫没有办法。

第二天，他不放心，又来东方明珠。老板说王小倩请假了。凌云飞拨她电话，已经关机。凌云飞心里空空的。回了家，聂小倩在念经，晓晓也跟着念。凌云飞万念俱灰，出去喝酒。

足足过了二十天，凌云飞才在东方明珠再次见到王小倩。她努力装出高兴的样子，但眼角的皱纹、厚厚的眼袋一下暴露了她不好的近况。

凌云飞问："怎么这么多天不见你，发生啥事了？"王小倩扬起嘴角，要笑，却哭了。"爸爸的脚轧了。""啊！到底怎么回事？"王小倩"哇"地哭出来。凌云飞慌了，赶紧给她递面巾纸。王小倩抽噎着说："爸爸再也不能在外面卖瓜子了。我要赶紧给他买房子。以后我啥也干，只要钱多，你别瞧不起我。"

凌云飞心里钝钝的，像失去了意识。王小倩说："这段时间每天晚上做噩梦，头疼，睡不好觉。医生说内分泌失调，喝了几服中药，也不大管用。"凌云飞回过神来，望着王小倩哭花了的脸，想起有段时间，他经常做噩梦，聂小倩拿了本佛经，让他读，他没有读。

7

回家之后，凌云飞问聂小倩："我做噩梦后你让我读的佛经是哪本？"聂小倩惊诧地望着他，拿出《地藏经》。

凌云飞把《地藏经》给了王小倩。

几天之后，他见到王小倩，问："管用不管用？"王小倩说："挺管用，自从念上这经书，噩梦做得少了。"凌云飞十分高兴，终于帮了王小倩一次忙。

王小倩有些难为情地说："哥，里面有些字我不认识，意思也不懂，你能教我吗？"凌云飞拿起书，帮她把不认识的字注上拼音，可有些句子他也不懂，便说下次见面告她。

回了家，凌云飞请教聂小倩。聂小倩很惊讶，用不相信的眼神瞧着他，然后高兴起来，认真地给他一一解释。

几天后，凌云飞把从聂小倩这儿得来的答案告诉了王小倩。王小倩一脸崇拜地望着他，"哥，你真行！"凌云飞心里出现种从来没有过的成就感。

此后，《地藏经》成了王小倩、凌云飞、聂小倩三人之间交流的通道。王小倩把不懂的句子画出来告诉凌云飞，凌云飞回家请教聂小倩，聂小倩一字一句解释给凌云飞，凌云飞记住，再告诉王小倩。

有次聂小倩给凌云飞解释字句时，两人挨得很近，聂小倩的发丝擦在凌云飞脸上，他感觉痒痒的。便想他们多久没有这样亲近过了？亲热更是很久以前的事情了。凌云飞观察聂小倩，她鼻子上的雀斑越来越明显，数量也多了，头顶上还出现几缕白发。内疚爬上凌云飞的心头，他想起他们待在小饭馆里谈论音乐、理想的日子，为什么就不去加州了呢？说好以后攒够钱再去呀！凌云飞想到这里难受起来。

凌云飞每次给王小倩讲解完，她眼睛总是亮晶晶的，看凌云飞的目光又多了些崇拜。好几次她对凌云飞说："菩萨说得真对，'我不入地狱谁入地狱'，只有我在这里好好干，才可以让爸爸在有顶的店铺里卖瓜子。"她说坚信自己这样做是对的之后，心里坦然了，噩梦越来越少。果然，凌云飞发现王小倩脸上的痘痘慢慢褪下去不少，整个人变得光亮起来。但他难受，就好像看到溺水的人没有去救，反而推了她一把。

她的这种目光，让凌云飞有些惭愧。回到家里躺下后，时不时认真回想自己这几年的生活。自己觉得对，其实一塌糊涂。他怀念起以前借调时辛苦却充满梦想的日子。他想，为什么非要逼着聂小倩干这干那，而不让她念佛。她想念的时候让她念，不是就能让她快乐吗？要是自己支持她，鼓励她，多给她些时间，或许自己不在家时她就把心思完全放在照顾孩子或者其他家务事上，晓晓也就不会出事了。

凌云飞慢慢有了变化，对聂小倩念经不再抵触了。聂小倩念时，他经常默默给她倒杯水。

他开始注意起自己的形象，买来白衬衫和藏蓝西服，每天把皮鞋擦得锃亮。

这个时候，凌云飞的一位小学同学去世了。是喝上酒后，回家感觉难受，睡下之后第二天就没有醒来。凌云飞去参加他的葬礼，见到同学的儿子，差不多和晓晓一样大，一句话也不说，搂着架棺材的凳子腿哭。他的样子，让凌云飞难受极了。回家之后，他好多天不想喝酒。

渐渐地，凌云飞上下班喜欢走在阳光能够照到的明亮地方，以前从来没有注意到这儿能使他感到温暖和愉快。这时他发觉建筑的阴影和楼群的缝隙里，到处是垃圾和粪便，臭味扑鼻。而他走过的这些地方，烤红薯又香又糯；煎得黄黄的、热热的饼子散发着香味儿；散发传单的大学生围着长长的围巾，眼睛又黑又亮，脸上散发着纯洁的笑容；卖菜的老太太把各种蔬菜洗得干干净净，每样植物身上散发着柔和的亮光……他们每天出现在凌云飞上下班回家的路上，看起来都挺高兴。公交车司机也循着这个线路每天不停地来回往返。从云城到K县的火车吐着白烟，每天来回往返。数不清的人每天和每天过得一样，凌云飞觉得自己似乎不该这么烦。

有天回家路上，凌云飞看到马路中间有条黑色的小狗，右前腿大概被车轧断了。它提着这条伤腿，在马路中间蹦来蹦去，仓皇地躲避着来来往往的车辆，好几次被车辆卷进去，车辆过后，它又蹦出来。天空慢慢黑下来，它的动作越来越慢，眼神却亮晶晶的。凌云飞冲进车流中，抱起这条狗。狗没有挣扎，绝望的眼睛有了神采，感激地望着他，闭着的嘴"呜"地叫了声，伸出舌头舔了舔凌云飞的手。凌云飞感觉被舔的那只手暖暖的，好像有东西击中他的心脏。他抱着狗来到宠物医院，给它包扎好。

把狗带回家，晓晓惊喜地奔过来，把手中吃的一截火腿肠递给它。狗"呜"地叫一声，一口接过去，嚼几下，吞肚子里。聂小倩走过来，望望狗，冲杯牛奶倒在盆子里给它推过去。房间里传来呷呷呷呷舔食的声音。盆里的牛奶剩下底子时，狗舔食的动作更快了，最后伸长舌头，把剩下的几滴一舔而尽。

晓晓的眼睛有些湿润，他说："爸爸，咱们留下它吧？"聂小倩也用恳求的目光望着他。这种目光让凌云飞觉得很是温暖，他郑重其事地点了点头。晓晓笑了，聂小倩也笑了。

从那之后，凌云飞接连不断地把小动物带回家。很快家里有了三只残疾狗，五只流浪猫。院子里一下热闹起来。凌云飞下班回来，经常看见聂小倩不是给这些小动物洗澡，就是喂它们吃东西，他惊讶她能抽出时间来陪它们。晓晓很快和它们成了朋友，给它们每一个都起了名字。有天凌云飞发现，一只白色的猫居然躺在一只黑狗的身上晒太阳。凌云飞注意它们之后，发现晚上睡觉它们也在一起，狗搂着猫。

凌云飞外出喝酒、应酬渐渐少了，有时星期天整天待在家里，门也不出，带晓晓，琢磨材料和佛经。有时他悟到好的想法，去和聂小倩交流，得到她的肯定后，居然有种当时一起讨论音乐的感觉。

有次，他在咖啡馆给王小倩讲解，一仰头看见窗外有个人影掠过，像极聂小倩。他追出门去，人影不见了。凌云飞越想越觉得就是聂小倩，回到咖啡馆有些心神不定。王小倩看到他这个样子，问谁？凌云飞给她讲了和聂小倩的故事。王小倩问："你们现在有钱吗？"凌云飞愣了一下。王小倩说："有钱赶紧去加州看看呀！也许去一趟加州什么都好了。"

凌云飞心里一动，又开始在网上查阅加州的资料。

一天晚上回家后，凌云飞发觉晓晓十分开心。还没有等他询问，晓晓说："爸爸，我今天真幸福。你看，玩了淘气堡，吃了肯德基，看了电影，还喂了鸽子。"她一一数着时，凌云飞感觉阵阵心酸，想起以前答应晓晓每个星期带她出来玩一次，可是从来没有实行过。他说："爸爸以后一定经常带你去。"这时聂小倩冷不丁说："确实应该多带孩子出去玩玩。"凌云飞听到聂小倩这句话，惊讶极了，她似乎从来没有这样说过。

凌云飞问："在哪儿喂鸽子呢？""广场上。"聂小倩说，"给晓晓买了两元钱的饲料。晓晓把饲料一撒，鸽子成群飞下来，有一只落在她的肩头上，吓得她尖叫起来。"

晓晓说："人家是第一次玩嘛！"聂小倩说："以后妈妈经常带你去。"晓晓高兴地拍起手来，"妈妈真棒！"聂小倩说："晓晓去了肯德基，看见淘气堡，说你以前带她来过，玩了一个多小时，脸红通通的还说不累。""爸爸，真的不累。"晓晓说。"电影她也爱看，正好是动画片。""爸爸，那个电影可好看了，里面的松鼠太可爱了。"凌云飞想起自己小时候看电视，米老鼠、唐老鸭那可爱的样子，他说："你给爸爸讲讲，演了什么？"

第二天下班，凌云飞回家特意从广场绕了一下。许多游客围在鸽舍前，凌云飞走过去，看到许多父母带着孩子喂鸽子，不时传来欢快的叫声。另一边，一群年轻男女手里拿着小红旗呼喊，顺着他们的声音抬起头来，对面大屏幕上王菲和谢霆锋在举行婚礼。凌云飞恍惚间以为自己看错了。欢呼声一浪高过一浪，确实是王菲。凌云飞想起《重庆森林》，想起穿过铁路地下桥那个KTV，想起那个大雪飞舞的晚上。这时一架飞机从头顶飞过，天空留下一道长长的白色痕迹。

回到家里，晓晓扑过来抱住他的腿，说："爸爸你看，妈妈帮我买的。"凌云飞看到一只漂亮的小松鼠在笼子里窜来窜去。他说："真可爱。"

第二天，凌云飞回家时从宠物店买了大笼子、小木屋、小吊床、饮水器、食盘、转轮等一堆东西。回到家里，晓晓和聂小倩看到这堆东西都被吸引过来了。凌云飞说："咱们给它换个大笼子，松鼠就更自由更开心了。"他开始组装这些东西，晓晓蹲在一边，耐心地给他递着东西，装到饮水器时，晓晓好奇地问："这是干什么的？""给松鼠喝水用的。"聂小倩忽然回答。凌云飞说："装上这个，小松鼠就可以自己凑上去喝水了。"晓晓笑了。

装好笼子，安上里面的东西，把小松鼠放进去，它一下就蹿到顶子上。晓晓瞧着它，歪了歪脑袋，把自己的毛绒小兔玩具塞进去，说："这下它就不闷了。"

晓晓声音细细的，脖子上金黄色的绒毛在阳光下微微颤动，好像玻璃人儿。凌云飞以前从来没有发现她这么脆弱和孤单，忍不住抱起她来说："晓晓，以后你想要什么爸爸给你买，要不咱们现在就看电影去。"

晓晓捏了捏凌云飞的耳朵，怯生生地说："爸爸，咱们一家人一起去好吗？"凌云飞心里一阵酸楚流过，多长时间他们没有一块儿出去过了。他歪过头，看聂小倩。聂小倩点点头。

那天晚上的电影是《疯狂动物城》，当片中的小兔子朱迪离开兔窝镇，去追寻自己做警察的梦想时，晓晓激动起来，她说："这个故事妈妈给我讲过。"凌云飞张嘴就说："电影才上映。"聂小倩说："热映一段时间了。"凌云飞哦了一下，觉得自己缺失了什么。整场电影，晓晓不断地笑。电影真是好看，电影结束了，观众还不愿意离开，看着字幕，一直把片尾曲 *Try Everything* 听完。出了电影院，晓晓还在回味电影中有趣的镜头，她说："真好看，咱们明天再来看吧？"凌云飞和聂小倩对视了一眼笑了。晓晓说："可以吗，爸爸？"凌云飞说："你问妈妈。"晓晓就说："妈妈，可以吗？"聂小倩说："你问爸爸。"

凌云飞突然想起什么说："晓晓，爸爸带你到美国去看好吗？"

晓晓说："美国？"

凌云飞说："带你到加利福尼亚州的迪士尼总部去看。"

聂小倩看了一眼凌云飞。

晓晓立刻说："妈妈，到迪士尼的总部去看电影可以吗？"

聂小倩说："下半年晓晓要上幼儿园了，咱们还得攒钱给晓晓上个好的幼儿园呢。"

凌云飞说："该有的会有的。"

晓晓说："妈妈，该有的会有的。"

　　九月份，晓晓上了幼儿园。聂小倩找了份在辅导班教音乐的工作，她又开始了涂红嘴唇。重新看到这么鲜艳的嘴唇，凌云飞有些不习惯，几天过后，就觉得聂小倩还是涂上红嘴唇好看，精神。

　　接送孩子成了凌云飞和聂小倩生活中的大事。他们的生活一下子正常得不能再正常了。过去的一切好像一场梦，凌云飞时不时会发会儿愣怔，聂小倩现在几乎不再念经了，就好像她有一天突然不想唱歌了一样。他很想问一下她，问个明白，但是又不敢，怕一不小心戳醒她，使她重新回到原来的生活。如果现在的生活是一场梦，他希望这个梦能永久地持续下去。

　　半年后，墙上原来挂着观音菩萨画像的地方端端正正贴了一张奖状，上下两行写着："凌晓晓，荣获'优秀儿童'称号。"奖状短，画像长，还漏出些白色痕迹。后来，一张张奖状贴上去，痕迹就看不见了。

萨达姆被抓住了吗

108国道与大运高速公路连接处，拉煤的大车一辆接一辆望不到头。尹家碧主任不停地看表，她每看次表，郑师傅就按次喇叭。王一清盼望那些大车像落在麦田里的麻雀，听到惊扰就轰一下飞走，使自己第一次跟领导出门办事顺利些。可是刺耳的喇叭声对它们没有丁点作用，有的司机甚至横躺在驾驶室里，将脚高高翘起架在窗玻璃上，袜子磨破露出黑乎乎的脚板，在睡觉。后来他们跟着辆过路的警车，才好不容易走到高速路上。

一上高速路，尹主任长长地吐了口气。郑师傅狠劲踩起油门，仪表盘上的指针哗地跳了几格。

萨达姆也真怂，这么容易就让抓住了。郑师傅握着方向盘，点了根烟。

尹主任捂住嘴咳嗽了几声。

对不起，我这猪记性。郑师傅摇下点车窗，把烟扔出去。

不可能吧？萨达姆怎么能让美国人抓住？王一清小心翼翼地问。他觉得萨达姆怎样也是伊拉克的总统，即使伊拉克打不过美国，他也不可能被抓住。

郑师傅脖子梗了一下说，怎么不可能？昨天《新闻联播》上刚播的，你难道连《新闻联播》也不相信吗？

王一清从郑师傅的口气里听出了他的不耐烦。他不是不相信《新闻联播》，而是不相信萨达姆会被美国人抓住。

他识趣地不再说话，把脸转向尹主任，希望她能做出个回答。

尹主任双膝并拢，手放在裙子上，点点头说，萨达姆昨天确实是被抓住了，电视上播了。

王一清的脸唰地红了。

萨达姆怎样被抓住的？王一清本来准备不说话了，听尹主任这样说，又忍不住问。

你不看电视啊？郑师傅反问。

我家没有电视。王一清说。

这下尹主任和郑师傅都有些惊诧。郑师傅马上问，小王你在哪儿住着？

卢公村租了间房子。王一清回答。

我帮你在单位院里找间房子吧。尹主任的手还放在双膝上，手指甲上闪着洁白的光。

尹主任说完这句话，王一清心里顿时热乎乎的，不由又悄悄地瞄了她一眼。

还不赶快谢谢尹主任，郑师傅说。

王一清心里虽然感谢，郑师傅这样说，他却又有些反感。

那天路上，郑师傅不停地说萨达姆被抓的事情，仿佛他亲自参与了这次行动。尹主任偶尔插几句话，每句都让人感觉非常权威。王一清看着头发花白的郑师傅和漂亮的尹主任，想萨达姆被抓和他们有什么关系呢？

那天王一清他们的任务是到省里审批个项目。负责同志签字的时候很顺利，那个部门领导甚至没有抽王一清他们支烟，认真看完材料就签了字。但是盖章的时候遇到了麻烦，办公室管理公章的人有事不在。

王一清他们不知道他去了哪里，什么时候回来，也不敢催着问，只好苦苦等，傍晚快下班时才盖好章。

回去的路上，郑师傅车开得很快。一群群黑乎乎的麻雀像石头样从一棵树上飞到另一棵树上，公路上不时见到肮脏的血迹和凌乱的羽毛，王一清担心那些麻雀撞到他们车上。

回到家里，妻子已经吃过晚饭，在昏暗的灯光下看书。看见王一清回来，妻子问，吃过了吗？要不要再给你热点饭？

王一清摇摇头，拿起旧背心剪成的抹布把灯擦了擦，屋子里亮堂许多，但是灯上粘的几块苍蝇屎怎样也弄不掉。王一清把灯拉灭，月光透过窗棂照进来，墙角的那棵幸福树上流淌着银光。

妻子用脸盆端来水，在里面撒了点洗衣粉，把抹布摆了摆，递到王一清手里。苍蝇屎擦掉了。重新拉开灯，屋子里又亮了些。

你知道萨达姆被抓住了吗？王一清问妻子。

妻子吃了一惊，怎么会呢？

新闻上播的。

咱们要不买台电视吧？屏幕小点的就行。妻子说。

王一清摇摇头，握住妻子的手。结婚几年了，妻子也没有个戒指，手却比以前粗糙许多，食指关节处还留下块刀疤，那是切咸菜疙瘩的时候刀子滑下来割伤的。王一清心里充满内疚，打算等下个结婚纪念日，给妻子买枚戒指。

从此，王一清时常关注萨达姆的消息。单位上的电脑一没有人用，王一清便搜索萨达姆。回家路上只要路边店里电视上播放与萨达姆有关的节目，便停下来看。

慢慢地，王一清对萨达姆的情况了解越来越多，单位上的人们再说起萨达姆的时候，谁也不如王一清知道得多。王一清能清晰地说出萨达姆的儿子乌代和库赛7月22日被美军击毙，萨达姆的保镖9月5日被美军奥迪诺少校抓获。王一清仿佛成了萨达姆的随从，几乎知道他的一切情况。

王一清在单位上干着写材料的工作，这种工作，是非常辛苦而枯燥的。当时，也是因为单位上没人喜欢干，才把王一清从基层借调来。王一清也不喜欢，但为了来城市，为了将来的发展，当人家物色准他，征求意见时，他同意了。王一清是个敏感而又藏不住心事的人，虽然来了，但每当材料不合领导要求，挨了批评后，心里郁闷，就和同事们说萨达姆。这个时候，伊拉克战争已经随着萨达姆的被捕，渐渐接近尾声，萨达姆也不再是社会上的热点，王一清却控制不住自己，不停地说。

眨眼间几年过去了，每年到结婚纪念日，王一清都没有给妻子买下结婚戒指。这期间，他们单位陆续调进了四个人，其中一位还安排到王一清的办公室。王一清的调动却迟迟没有结果，而且糟糕的是当初借他来的那位领导调到另外的市里任职了。

当王一清借调来第二年过中秋节的时候，他想是不是应该给大领导（注：单位一把手）送点礼？

可是送多少，送什么，怎样送，心里没个底。他想起农村的老父亲对自己说过，一杯开水暖人心。他买了些县里产的小米、绿豆、红枣等土特产，去给大领导送。进了市委家属大院，发觉和自己平常来时大不一样，每家别墅门口都停着几辆小车。有人从车里搬上东西进大领导家的门，过会儿出来之后，下一辆车跟上。有条不紊，像排练过似的。这一下颠覆了王一清认为送礼就得偷偷摸摸的想法，他拎着手里的东西，等了半天，觉得自己拿的东西太寒酸，没有了勇气。

王一清回了家，觉得还是从工作上找原因吧，自己应该干得还不够好，再加把劲，或许下一年就调进来了。

王一清借调来的第三年五月，中国某个地方发生了大地震，死了许多人，全国各地组织集中悼念死难的同胞，并捐款捐物支持灾区。王一清所在的市里也积极行动，办公室通知时，那位后调来的女同志接的电话。王一清正在忙着他的材料。王一清听见对方把一个一个人通知完之后，却没有他。

女同志问，没有王一清？

对方干脆地回答，借调的不用。

女同志挂了电话，讪讪地对王一清说，我们下午参加默哀，你不用去，省点心。

王一清抬起头冲她笑笑，继续弄他的材料，脑子里却嗡嗡的，一个字也看不进去。就这样坐了半天，实在憋不住，拉开椅子跑出办公室。

他顺着楼梯走到市委大院里，满院子都是明晃晃的小车，刺得他眼睛直想流泪。大门口有堆上访的，手里拉着白色的横布条。王一清穿过这些人来到街上，第一次在上班时间跑出来，王一清不知道该去哪里。他顺着人群不知不觉走到汽车站，听见广播里正在喊回他们老家的车再有五分钟出站。王一清早就知道自己不可能回去了，但听见这广播，心里还是抖了一下。

下午两点钟，王一清提前来到办公室，站在窗口前。快到两点半的时候，各单位的人陆续聚集在了市委大楼前的广场上。两点半的时候，沉痛的哀乐响起，全场肃穆，国旗缓缓降下，几千人一起鞠躬。王一清哭了，他说不清是在为那些死于地震的同胞难受，还是为自己痛苦。这时，一群鸽子从广场上空飞过，羽毛一片一片闪烁着白光，消失在远处。王一清忽然想变成只鸽子。

单位捐款的时候，按照以往惯例，处级三百，副处二百，科级一百，科员五十，王一清这类借调的人，一般都是回原单位捐。这次情况特殊，在以前的基础上向上浮动，大领导两千，其他领导一千，交特殊党费。

王一清发了疯似的取了两个月工资。当他把崭新的两千五百元放在会计办公桌上的时候，她瞪大了美丽的眼睛。

她望着王一清说，你不需要在这儿捐，也不需要捐这么多。

王一清负气地说，我就要在这儿捐，就捐这么多。

会计好心地提醒他说，你真的没这个必要，这样不好看。

王一清知道她误会了自己的意思，以为他不懂规则，捐这么多钱是为了积极表现。他呵呵一笑说，我就捐这么多。放下就走了。

下午，办公室主任找王一清来了。他拿着一沓钱说，一清，我咨询过了，借调人员都回原单位捐款。

这句话惹恼了王一清。王一清说，我就在这儿捐，捐两千五。

说完这句话，王一清不管办公室主任，埋头改材料，把他晾在了那儿。

第二天，捐款的红榜贴出来了，大领导的名字排在第一位，两千元。接着按职务、资历依次排下来。王一清看到末尾，也没有发现自己的名字。

他急匆匆地去问会计。

会计说，因为你捐款数额比较大，特地转到红十字会去了，他们或许会表彰你。

王一清觉得身子轻飘飘的，失去了所有重量。

不久，市里开始组织规模庞大的户外健身运动。各单位在自己的办公楼外因地制宜，划出了羽毛球场地，摆上了乒乓球案子，买了跳绳、拔河绳，装上了单杠、双杠等健身器材。这些活动美其名曰健身，实际上谁都知道，这个城市位于大的地震带上，唐朝的时候就发生过八级多的大地震。人们害怕现在发生地震，便尽可能地在户外活动。

王一清他们单位也装上了各种设备，每天上午十点多开始，人们就溜出办公室，开始活动。这些习惯了坐办公室的人刚开始来到院子里还懒洋洋的，三两个一伙靠着单杠、双杠、乒乓球案子聊天，像吃饱了出来晒太阳的大猫。后来几个年轻的姑娘和小伙子开始打乒乓球和羽毛球，慢慢地单位别的人都动了起来，大家各取所好开始锻炼身体。

过了段时间，大家都开始打起羽毛球来，原因是尹主任喜欢打羽毛球。

尹主任为了打好羽毛球，准备了套尤尼克斯装备，总价下来五千多元。当尹主任带着这套装备站到院子里的时候，她那原本美丽的面容增加了几分英姿飒爽，显得更加高贵迷人。她运动起来的时候，跳跃、奔跑、甩头都潇洒极了。她饱满的胸脯颤悠悠的，两条长腿肥瘦适中，又白又嫩。

市委大院里的其他单位看到尹主任打羽毛球之后，好几个领导也迷上了羽毛球。他们每人也购置了一套尤尼克斯装备。后来发展到王一清单位几乎人手一把尤尼克斯球拍，只是在型号上有些差异，大领导们都买了超级高弹性碳素、纳米钛装甲的YONEX AT700奥运纪念版套装，其他人根据自己的职务大小分别购置了尤尼克斯的其他型号。每天当王一清单位的领导和同事们挥舞着这些昂贵的球拍在院子里打球的时候，王一清通常坐在办公室里撰写那没完没了的公文。

有几次，郑师傅在楼下喊王一清，小王，下来打球。

王一清总回答，忙。

公文没完没了，王一清没有时间，再说王一清也买不起那么贵的球拍。

快要数伏的时候，市里举办了场规模庞大的消夏晚会，具体由王一清单位承办，请来了许多耀眼的明星。漂亮的尹主任站在这群明星中间，顿时黯淡了，顶多像颗小星星，只有点微弱的光芒。王一清对各种星向来不感兴趣，但是这次请来了王菲。王一清一点儿也没想到市里的活动能请来王菲。当王菲在保镖和随从的簇拥下穿着黑衣服出现的时候，王一清有种窒息的快乐。王一清挤啊挤啊，一直挤到王菲身边。单位有个家伙正拿着相机在拍照。王一清说，给我和王菲照张合影。这个时候，尹主任也挤到了王菲的另一边。王一清看到相机快门一闪，王菲被人流夹裹走了。王一清站在原地，回想王菲刚才的样子。尹主任走到那个拿相机的家伙那儿，侧着头去看和王菲的合影，王一清也凑过去。王一清看到相机里只有王菲和尹主任，没有自己。他不解地望着照相的那个家伙。那个家伙一脸坏笑地望着王一清说，对不起，人一挤相机偏了。王一清的脸顿时红了，挤出人群回了办公室。

后来听说那天王菲只唱了一首歌，王一清知道自己这辈子再也见不到王菲了。忽然他想离开这个地方远远的，远远的。

那天王一清回家之后，寻找自己的运动鞋。

妻子问干什么？

王一清问，你说萨达姆被抓住了吗？

妻子说，你不是说新闻上播萨达姆被抓住了？

王一清哦了一声，把头钻床下。

你要干什么？妻子问。

跑步。王一清说。

妻子说，你也应该锻炼锻炼身体了，只是今天开始数伏，这么热的天，你去跑步？

王一清掀开日历。6月17日，庚申。入伏。

第二天上班的时候，王一清带了双运动鞋。

一进单位大门，王一清看见尹主任正翘起屁股在黑色的帕萨特旁边换高跟鞋。她的长发垂下来，遮住半个脸，屁股翘翘的。王一清咽口唾沫，想尹主任真是个好女人。尹主任换好鞋直起腰来，跺了跺脚，看见王一清，问道，小王，你早。香风从她身边吹来，王一清呆了呆，才想起尹主任问他话，他回答，尹主任，早上好。

那天上午王一清憋足劲干活儿。

下午快五点的时候，天气稍微凉了些，人们三三两两从办公室出来去打羽毛球。王一清换上运动鞋，转了转脖颈和腰。走到院子里的时候，尹主任招呼他说，来打羽毛球呀！

王一清迟疑了下说，我，跑步去！

在众人的注视下，王一清扭着因为坐久了僵硬的身子跑出大门，感觉浑身像脱光了衣服一样难堪，而且心里为拒绝了尹主任不安。这个时候，他听到身后传来郑师傅的话，牛逼个啥呀？王一清苦笑一下，大步朝前跑去。

四周都是带着腥味的热气和炫白的阳光，王一清感觉有些晕头转向，不知道该朝哪个方向跑。忽然不知从哪儿看到的广告词"一路向北"冲进王一清的脑子里，王一清向着北边跑起来，跑了几步，就热得喘不过气来。王一清想那些打羽毛球的人大概已经打完一局，正端着杯子在喝茶。

王一清给自己定下目标，跑到滹沱河岸边。

路两边的门市里无精打采地放着音乐，几把歪斜的椅子上躺着大肚皮的老板，一个女人在给孩子喂奶，乳房白花花的。

王一清向前跑去。好久没有锻炼身体，腿像一双不听使唤的筷子乱摆，而且没有气力。

晒化了的108国道像长长的棉花糖，沥青散发着刺鼻的毒气。红灯亮了，却等到绿灯亮起来的时候，也没有车经过。王一清踩在粘脚的沥青上，有种走进荒原的感觉。

穿过京原铁路的时候，王一清裸露的脚腕碰了下铁轨，像踩在通红的铁条上面，感到一种尖锐的刺痛。已经能远远望见滹沱河了，一道道的白汽在河流上空交缠盘旋。

王一清深吸口气，朝前奔去。

几个破烂的门扉口躺着几条瘦狗，交差似的虚弱地叫了一两声，又闷头大睡，口水吧嗒吧嗒滴在地面上。

一块一块的玉米田散发着果实快要成熟的气息，整整齐齐排列着走向北边。

加油！

加油！

王一清给自己鼓劲。

快要窒息的时候，王一清看到了滹沱河岸。他像狗样大张着嘴呼呼喘气，一屁股坐在地上，感觉心都要跳出来，觉得好像完成了件什么了不起的事情，有些暗暗得意。

河水被铁矿污染了，浑浊的水面上飘着黑色的铁渣子，在依旧炽热的太阳下闪烁着片片亮光。

休息了会儿后，王一清开始往回跑。

说是跑，其实差不多比走都慢了。王一清能听到自己的心在扑通扑通剧烈地跳动。

穿过青色的玉米地。

穿过黝黑的京原铁路线。

返回108国道的时候，路上有许多车。看时间，已经六点多。

到了市委大院门口，有个老太太拦住王一清，把张单子塞进他手里。王一清以为是上访的，随手接住。

进了单位院子，还有两个人在打羽毛球，郑师傅坐在台阶上喝茶，看见王一清，他撇了撇嘴。

回了办公室，王一清喝下出去时晾的茶，拿起刚才老太太塞给他的传单。是宣传天主教的。王一清根本不相信这些，匆匆扫一遍，随手把它搁在一摞文件上，又给自己倒了杯茶。

晚上回了家，王一清浑身疼痛，吃过饭早早就睡了，一晚上没有醒来，也没有做梦。

第二天上班的时候，王一清腿疼得几乎抬不起来。到了下午快五点，同事们出去打羽毛球的时候，王一清咬了咬牙，又换好鞋跑出去。

这天比第一天跑起来更加艰难，除了呼吸跟不上，身体到处都在疼。不锻炼时间太久了。返回大院门口的时候，王一清看看表，比昨天晚了十分钟。

昨天那个老太太居然又在。看到王一清，她把手中的传单递过来。王一清说已经有了，没有接。老太太朝王一清和善地笑笑，手依然举着。她的笑很普通，王一清心里却一暖，伸出手把传单接过来。

接下来的几天，王一清每天五点出去跑步，单位忙的话，他跑步完了回来再加班。坚持一段时间之后，每天上班，竟然最期待的事情就是下午五点出去跑步。在接近窒息的奔跑中，他感觉到非常久违的自由。

每天回来，总能在大院门口碰到那个老太太。每次她总是冲王一清笑笑，塞给他传单。王一清没有再拒绝，回到办公室照旧放在桌子上。

单位里的人还在打羽毛球，但是随着地震的风声越来越远，打球的人也越来越少。除了尹主任几乎还在每天坚持以外，其他人都三天打鱼两天晒网，没有了当初的那种劲头。他们名贵的羽毛球拍子挂在墙上，有的已经布满灰尘。

国庆过后，天气渐渐凉了，风也大起来，户外打羽毛球已经不能算是好的活动。单位举办了一场羽毛球比赛，除了王一清，其他人都参加了。

比赛刚开始时，风很小。院子里很久没有这样热闹了，大家穿着簇新的运动衣，挥舞着名贵的球拍，嗬嗬大叫。后来风越来越大，羽毛球被风吹起，一次次改变方向，像受伤的小鸟在无奈地挣扎。人们停下来，等风小一些或停了再重新开始比赛。可是风没有丝毫小的迹象，对面楼顶上过国庆时插的红旗像张开翅膀的鸟群，使劲地飞舞。

等待的人们终于失去耐心，宣布羽毛球比赛结束。所有参加比赛的人都得到了一份奖品，尹主任那组不出所料获得了第一名。

那天中午，获得第一名的尹主任那组在"天外天"请大家吃饭，单位的人皆大欢喜。吃完饭老板又请大家去"天上人间"唱歌。

下午快五点的时候，没有像以往那样听到外面打羽毛球的声音，王一清有些不安。到了五点的时候，王一清换好鞋，出了办公室，院子里静悄悄的，只有一刻也不停歇的风。没有看到尹主任，王一清有些失落。

他一口气穿过108国道、京原铁路，跑到滹沱河岸边，大片灰色的云积聚在河岸上空，像水流一样一眼望不到边际。枯黄的茅草在风中无力地摇摆，掉了叶子的树木疏朗起来，露出树顶上许多用小棍和树枝搭建的鸟窝。

往回跑的时候，风更大了，但是是顺风，王一清跑起来很省劲，他不断给自己设置目标，一次次进行冲刺。

到了大院门口的时候，居然才五点四十几分，比平时足足早了十多分钟。王一清有种战胜了什么的感觉。那位散发传单的老太太却不在，王一清有些惊讶。

回到办公室，王一清数了数老太太给他的传单，居然一百多页了。

过了十分钟，听到单位院子里那些汽车开始陆续发动。

六点钟的时候，院里的汽车已经差不多走完。王一清一抬头，看见那位老太太站在大门口，像根孤零零的电线杆，风把她的头发吹成一团，好像她在这儿已经站了很久。王一清想刚才明明没有看到她呀，忽然产生了种想和她亲近的感觉。

王一清跑下楼，接过她递过来的传单，站在她对面认真看起来，还是关于天主教的，和以前的没有多大差别。王一清不清楚老人为什么每天这个时候站在大院门口。

没有了那些五点左右打羽毛球的同事，出去跑步的时候王一清反而有些不安，毕竟是在上班时间，以前大家都在玩，谁也不当回事，可是只有他一人玩的时候，就显得怪异。

王一清想自己是不是应该六点钟下班后再去跑步？

想着这儿，王一清又随手拿起传单，看到上面写着星期天教堂做礼拜。他想自己还从来没有去过教堂呢，便打算星期天去看人们怎样做礼拜。

星期天早上王一清冲完澡，正准备去教堂，忽然办公室主任打来电话，让王一清替大领导去电信局参加电视电话会议。这类会议王一清以前也替大领导参加过，内容大多无关紧要，大领导们不愿参加，便随便打发个人去凑数。今天王一清被抓了差，他觉得倒霉。

王一清很不乐意地去了会场。会议开始的时候，会场里只零零落落坐了十几个人，大多是各个单位的年轻人，也有些像王一清这样借调的。电视里上级领导轮番讲话，各省代表介绍经验，大家听得无精打采，大多数人打开手机浏览信息或聊QQ，也有人在笔记本上乱画。

两个多小时后，电视上的人才讲完，主持人宣布散会，轰地人们都站起来，不到一分钟，会场里没有了人。

出了会场，王一清不知道教堂的活动结束了没有，抱着试试看的心理往那边走。到了教堂门口，正有许多人从里面出来。王一清想肯定来晚了，但还是不死心，想进去看看里面到底有什么。

教堂门口的小广场上，出来的人们聚成团不知道在聊什么。有个女人抱着募捐箱，正给一位得了白血病的教友募捐。

王一清进教堂的时候，又迎面碰上几个出来的人，心里想这大概是最后几个人了，里面顶多剩下几个打扫卫生的。

没想到一走进教堂，他就被庄严的感觉攫住了。大概正在做弥撒，几百人安静地坐在台下，仔细聆听。王一清找个地方悄悄地坐下，前面几块电子大屏幕上放着弥撒的内容，仔细看，不是英文，可上面的文字王一清居然一个也不认识，当然也听不懂。

王一清觉得见鬼了，难道这里的这么多人都看得懂这些文字，听得懂这种语言？

他继续坐着，看接下来干什么。

接下来几个学生模样的人领唱赞美诗，这次用的是英文，王一清能听懂几句了。他看到周围的人都张着嘴跟着哼，被这种奇怪的局面弄糊涂了。他打量前面的几案，每隔两尺远摆着一本《圣经》。这些《圣经》有些旧，但看起来每一本都挺完整。王一清拿起一本，是法国修道院印制，送给这座教堂的。王一清奇怪这些《圣经》为什么没有像公园里的油伞、盆景被人顺走，教堂门口也没有把门的。

过了会儿，两个农民模样的夫妇要走了。他们猫着腰蹑手蹑脚地退到过道里，丈夫一条腿跪下，行了个礼，接着妻子也这样行了个礼，两人肃穆地离开。

王一清震惊了。

那天直到离开教堂时，王一清还在被庄严的感觉笼罩着，想起每天下午六点左右在单位门口散发传单的老太太，神圣感涌上心头。

　　下个星期一下午五点钟时，王一清换好鞋，系好鞋带，把脸贴在玻璃上，希望看到有人在打羽毛球，或者玩双杠、跳绳也好，可是没有人出来。那些安静的体育器材在秋日的阳光下散发着冷冷的光泽，单杠上面居然晾了一条花白格子的床单。王一清忍住想要跨出门的双腿，心不在焉地校对材料。

　　五点五十分的时候，院子里传来发动汽车的声音，然后是乒乒乓乓关办公室门的声音。王一清跑到楼顶上，看见汽车相继开出大门，那位瘦弱的散发传单的老太太从南边逆着风走过来，风把她的头发吹到后面，越往前走，她的面容越清晰。她手里拿着传单，走到大院门口停住了。王一清赶忙跑下楼顶，往出走。到了老太太身边的时候，院子里的汽车已经走完，骑摩托和自行车的同事也急匆匆回家，没有人留意老人，也没有人接她递过来的传单。王一清鼻子有些发酸，迅速接过老人手里的传单，朝她挥了挥手，大步朝北跑去。

　　接下来的日子，王一清不管单位的同事五点钟在干什么，他准时出去跑步。每天六点钟左右跑回来，从老人手中接过传单时，正好与下班回家的同事擦肩而过。他从人们那略有些疲惫，又茫然和满足的脸上，知道许多人想着又过了一天了。他想整个机关公务员的人生就是本大日历，看起来季节分明，其实是一天一天在重复，啥时候这些纸撕完了，一辈子就过完了。

办公桌上的传单越来越多，王一清舍不得把它们处理掉，一张张摞起来。闻到上面的墨香，王一清就仿佛看到了那位老人。

慢慢地，王一清发现自己跑步的时候，背后有些人对他指指点点。他想我只是个借调的，你们还能把我踢回去？

随着冬天的来临，五点钟越来越暗，已经接近天黑。

有次，快五点的时候，郑师傅在院子里擦车，王一清路过时，他用怪腔调问，又要出去跑步了？那个"又"字说得特别重。王一清知道他是在故意等他，然后说这句话。他的话酸溜溜的，一下让王一清想起几年前他在高速路上说的"你怎么连《新闻联播》也不相信呢？"王一清笑了笑，没有理他，用劲向前跑去。出了大门，王一清听见后边狠狠地说，怪不得调不进来！

后来，五点钟天就黑了。

一天王一清跑步回来，看见尹主任办公室的灯还亮着，以为没人了，他敲敲门，里面却说，请进。王一清进去时发现尹主任正在读托福英语考试的书。王一清有些惊讶，在他们这种单位，工作和英语没有半点关系。他不禁问，您要出国？

尹主任招呼他坐下，给他沏了杯茶，没有回答他的话，却说，在咱们单位的年轻人中间，我最看好你，有才华，又有毅力，你一定要坚持下去呀。坐机关，就是要坐住，拼谁的耐力强，你把所有没耐心的人都熬走了，你就成功了。

尹主任说这些话的时候，王一清看到尹主任白皙的脸上，眼角有几道细细的皱纹。他想起尹主任很年轻的时候就是下边县里的领导，工作能力非常强，组织上本来准备要重用她，才安排到现在这个单位，可是上边很器重她的那个领导出车祸死了，尹主任就再没有挪动。

王一清每天继续跑步，还买了些关于跑步的杂志和书籍，没事的时候乱翻翻。没想到一翻就钻进去了，原来跑步有这么多的学问。从此，王一清有空暇就研究跑步，一段时间过去，王一清觉得自己以前根本没有理解跑步的意义，只是和单位的人们赌气。他照着书上讲的那些，调节呼吸、步子、姿势，还买了专门的跑鞋，跑步变得越来越轻松，越来越舒服。

快到新年的时候，忽然传来干部职工要延迟退休的消息，人们议论纷纷。郑师傅一听脸色白了，他说，好不容易盼到六十岁，要休息了，又要推迟退休。哪些狗日的愿意迟退休，只有那些当官的，难道要老子拉你们一辈子，把你们拉到棺材里，拉到火葬场？

王一清看着郑师傅的样子，觉得他很可怜。他此时的心情跟郑师傅完全一样，盼望退休。现在让他退他也愿意。

那天中午，王一清约郑师傅去喝酒。郑师傅去了，再不像以前那样总是摆出老资格的样子，他自己不停地主动要酒。后来，他端着酒盅边喝边问王一清，你知道自己为啥调不进来吗？你知道小张的舅舅是谁，小王的大伯是谁，和你一个办公室的那个卖逼货的公公是谁？王一清知道郑师傅喝多了，夺下他的酒杯，扶着他摇摇晃晃回了单位。没想到郑师傅竟站在楼道里骂起了大领导。后来尹主任出面，派了另一位司机把他送回家。

天黑得越来越早，天气越来越冷，单位上许多人没事四点多就溜了。

一天，快五点的时候，王一清正准备换上装备出去跑步，忽然办公室主任说大领导叫他。

王一清进到大领导办公室，看见墙上挂钟的时间指向四点五十分。大领导让王一清坐下来，谈他借调的事情。他说郑师傅马上要退休了，一空出编制就解决你的问题。王一清心里出现丝绿油油的希望。他问不是要延迟退休吗？老板说正在酝酿，还没有正式文件出台。

墙上那只漂亮的挂钟上，分针在飞快地走，王一清看见马上要五点了，想到跑步，心里有些焦虑。大领导好像看出了王一清的不安，问他有事吗？王一清忙说没有。五点钟过去了，大领导还在说。王一清觉得大领导这次可能下定决心要给他办了，有些兴奋。五点半的时候，大领导终于点点头说，你好好工作吧，借调的事情会解决的。王一清忙跑回办公室换鞋，然后一头扎进黑夜里。他跑在路上，感觉非常高兴。

当他跑回来的时候，已经六点半了。王一清没有看见那位熟悉的老人，门口只有两杆昏黄的路灯，惆怅涌上他的心头。

第二天，王一清仍没有见到那位老人。

第三天，王一清还是没有见到那位老人。

王一清想老人是病了，还是对他失望了？

王一清还在继续坚持跑步，可是老人像是消失了，王一清再也没有见到。

新年过后，延迟退休的文件没有下来。郑师傅办理了退休手续。王一清办理调动手续。编办、组织部、人事局盖了章，可需要市长签字时，人事忽然冻结了。王一清觉得冥冥之中好像有只手操控着命运，偏偏在自己调动的时候，人事冻结了。他想，工作还在继续做，为什么人事就冻结了？冻结了人事，这份工作谁来做？

王一清想起尹主任说的，坐机关，就是要坐住，拼谁的耐力强，谁熬到最后，谁就成功了。他叹叹气，开始算自己再有多少年才能退休。

临近春节的时候，市里搞全民健身运动，有机关马拉松比赛，王一清报名参加了。他跑在一群气喘吁吁的机关工作人员中间，觉得从来没有这样轻松自如过。一路上他把许多人甩得远远的，只有个很精神的中年人跟着他，还超过他两三次，后来王一清把他也甩远了，他冲到终点的时候，也没有看见那个人。

王一清得了第一名。

市里的记者采访他，王一清谈了些关于长跑的认识。见多识广的记者没想到长跑还有这么多道道，要求王一清写几篇文章。王一清便结合着自己的实践，写了些东西，陆续发表在市报上。

过了段时间，王一清突然接到个民营银行的电话。他很意外，除了工资卡上那点钱，他基本不和银行打交道，更别说和这种民营银行了。

王一清和银行的老总见了面，觉得他有些面熟，却想不起在哪里见过。老总一见他，就乐呵呵地说看到王一清的文章了，觉得真棒。王一清谦虚几句，以为老总要他帮忙写点东西。写了多年材料，王一清经常遇到一些单位写不了材料，付些报酬，请外边的笔杆子来写。但这种事情，一般办公室的同志出面就可以了，用不着老总啊。

没想到老总寒暄完，说，你跑得真快，跑了几年了？

王一清这才想起这位老总就是马拉松比赛上的那个中年人。

老总和王一清聊起跑步的事情。这是王一清跑步以来，第一次和人深入地聊这件事情。他很认真地谈自己的感受。中间，有位年轻的女孩进来给他们续了几次茶。王一清没想到他和这位老总居然可以聊这么长时间的跑步。

聊完跑步，老总问起了王一清的工作和生活。王一清讲了自己借调的事情。老总忽然问，你愿意来我们银行工作吗？

王一清有些意外，愣了一下。

老总很认真地说他们是企业，不如公务员安稳，假如王一清调入市委部门，以后或许能担任领导。但到他们这儿工作，收入、福利要比公务员高些，还可以给他找间房子住。

王一清听到这些，心里马上同意了。他问想来就可以正式来吗？他再也不想借调了。

老总说可以，他们是企业，可以自主招聘员工。只要王一清愿意来，明天就组织次考试，他就可以来了。

王一清认真地盯着老总，问，你相信萨达姆被抓住了吗？

老总握着他的手哈哈大笑起来。

一周之内，王一清办妥了去民营银行的手续。他想到终于可以离开这个借调了几年的单位，心里有种说不出来的轻松。

告别的时候，尹主任说，人才就是人才，金子放到哪里都发光。已经办完退休手续，来单位领住房公积金的郑师傅看见王一清，兴奋地说，我再开最后一次车，送送你吧，就喜欢你这样凭本事吃饭的人。

走在路上，郑师傅用羡慕的口气对王一清说，别看这家银行是个企业，收入比咱们高多了，我有个朋友的侄女在那儿工作，一年连工资加福利，可以挣个十来万，是咱们的三四倍。行政机关看见好，只是当官的洋气。

王一清想起几年前郑师傅拉着他去省里办事，路上问，你难道连《新闻联播》也不相信吗？

王一清问郑师傅，萨达姆真的被抓住了吗？

郑师傅说，这和咱们有什么关系呢，这下你工作稳定了，好好干吧！

过马路是一件危险的事情

开家长会的那天，刮沙尘暴，天地黄漫漫一片。

朱青把最后一滴酒喝完之后，天地还是一片昏黄，没有一辆车来洗。他害怕迟到了被儿子的老师说教，和老板打了个招呼，提前一个小时离开洗车行。骑着那辆有些年头的自行车，冲进漫天的风沙中，朱青想起黄泉、末日这些词。四面八方都是浓重的黄沙腥味，他感觉空气好像黏稠的金属，硌得喉咙难受。

一路上来往的车都不多，朱青想那些开小车的人也怕这种天气啊。那么他们出行是坐公交，还是也像他骑自行车，或者他们平时已经挣够了太多的钱，遇上这种天气，喝茶、打牌、唱歌去了。但应该也有办事的车呀！可路上的车确实太少了。

平时，朱青骑自行车最恨那些开小车堵了他路的人。经常遇到他们这边已经绿灯了，那些主道上的小车还在往前挪动，这种时候，朱青一般不会给小车让路，许多骑车的人也不会给小车让路。他们骑着车像一排排小鱼，弯弯曲曲穿行在每辆小车的缝隙中，不管那些开小车的人心里有多急。他们心里想的是，为什么你们不等绿灯了再走，非要在黄灯时抢道。遇上主道堵车时，一些小车开到非机动车道上，朱青心里更加痛恨，他想你们已经开上小车了，走起来比我们快多了，为什么为了争那三秒、五秒、一分、二分，非要乱走一气，把后边骑自行车、电动车、摩托车的人堵一大片。他觉得这样开车的人都是一些爱投机的人，他盼望交警出来狠狠惩罚他们一顿，可是从来没见过交警管这些人。遇到堵车，交警总是站在十字路口现场指挥，像一具玩偶。

今天路上没有多少车，朱青可以痛快地往前骑，要是他愿意，甚至可以骑上自行车走机动车道。经常有人为了好走，这样走。但朱青是一个遵守规则的人，尽管路上没多少车，他还是老老实实走在非机动车道上。可是他今天骑不快，风太大了。

　　朱青想，不会迟到吧？要是迟了，又要被老师说了。想到这里，他有些后悔，要是当初把儿子送到五一小学，可能儿子学习就不会吃力，接送儿子上下学或开家长会也不用这么麻烦。可是一想到那个戴着眼镜、满脸斯文的办事人张口就要一万五的好处费，朱青就觉得不值得，不就上个小学吗？

　　他用劲吐了一口嘴里的泥沙，马上更多的泥沙冲进嘴巴。朱青闭紧嘴巴，用劲蹬车。

　　到了五一小学的时候，校门口也没有几个人，平时那些摆摊卖本子、铅笔、橡皮、红领巾和小孩们爱玩的喜羊羊、灰太狼、熊大、光头强等玩意儿的那些人不见了，那个个子大概只有一米五五，瘦瘦的，戴着个大警帽，总是爱笑的交警也不见了。

　　不知道什么原因，朱青天生不喜欢警察这一类人，可是他很喜欢这个小个子交警。每天早上他送儿子上了学，路过五一小学路口的时候，总能见到这个交警。五一小学坐落在一条胡同里，对面也有一个胡同，两个胡同之间有一条马路，可是路口没有红绿灯。学校是全市最好的小学之一，自然学生就多，有钱有势的家长也多。每天早上上学时候，很是热闹，各种型号的车把马路堵得一塌糊涂。还有许多车停在路边，家长下去送孩子；还有一些人逆行骑车去胡同里送孩子。朱青每天大概七点四十分到这个路口，见到那个交警总是微笑着，伸手让直行的车慢一些，然后拉住过马路的孩子把他们送到马路对面，再去接另一些要过马路的孩子。他脸上总是带着微笑，也总是在不停地忙碌。朱青一看到他，就有些小小的感动。尽管在朱青这个年龄，很少有东西能感动他了，可他还是被这个交警感动了。凭他的阅历，他觉得这个交警只是个最基层的"小"交警，这样用心地去工作，肯定也捞不到啥额外的好处，可是从他身上能看到雷锋、焦裕禄这些大人物的形象。

朱青每次看到这个交警，总要对他微笑一下，以示对他行为的赞扬。可是交警太忙了，从来没有注意过朱青对他的微笑。现在没有看到这个交警，朱青有些失望，又马上想通了。他想这个人大概早上六点就到路上了，不可能一整天都站在路上。想到这里，他希望现在这个交警正在美美地睡觉，或者陪着他的妻子、孩子干点什么。

拐过几个红绿灯之后，朱青舒了一口气，往常他在这里已经能看见八一小学教学楼的楼顶了。他的视力一直很好，前几天陪儿子配眼镜的时候，顺便测了测自己的视力，还是2.0。当学生的时候，他的视力就是2.0，当时同学们说2.0的视力可以考飞行员。

飞行员。想到这里他笑了一下。

朱青甩了甩脑袋，抬起头看去，看不见八一小学教学楼的楼顶，风沙太大了。可是他却隐隐约约感觉儿子站在四楼的窗口，朝他这边张望。朱青有些心酸，要是当初花上一万五让儿子去了五一小学，或许儿子学习比现在好。他想这次应该向老师提提意见，让她给儿子换个座位。几次儿子说同桌欺负他，弄得他不能好好听课，他总是劝儿子再忍忍，多从自己身上找原因。其实他心里想的是，自己把儿子从县里的学校转到省城这所学校，没有花钱，再向老师提要求岂不是自讨没趣？可老让儿子受委屈也不是办法呀。

又往前走了一段路，还是看不见八一小学教学楼的楼顶，但朱青越来越明显地感觉到儿子的焦虑。朱青想，这次一定得和老师说，给儿子换个座位，给儿子找不下个好学校，换个座位要是也满足不了，就真的太对不起儿子了。

朱青坚定了这个念头，自行车蹬起来好像也轻松了些，再过一个红绿灯，就是儿子的学校了。可是，忽然前面诡异地出现一长溜车，紧紧堵在一起，一排排马达轰鸣着，像一条条搁浅在岸上的鱼喘气。更糟糕的是马路牙子旁边也停了几辆车，车主不知道干啥去了。朱青望着这些车，觉得一辆辆像一个个空空的棺材。

朱青等了大概七八秒，车流还没有松动的迹象，不知道十字路口出啥事了。朱青心里急了起来。这个时候，他特别盼望自己喜欢的那个交警出现，找到马路边停车的车主，让他们把车开走，或者伸出手拦住路上的小车，领着他穿过车流。又过了几秒钟，车堵得越来越厉害。朱青仿佛听见风沙中传来儿子和老师说话的声音，他说我爸爸马上就到。朱青骑着自行车驶进主道的车流中，从一个缝隙窜进另一个缝隙。那些银白的、黑色的、红色的、绿色的、黄色的、咖啡色的车上都蒙上了一层细细的黄沙，像一只只泥土里的爬虫。那一瞬间，朱青盼望这些车永远堵下去，堵到黄沙渐渐淹没它们的车身，轮胎锈掉，车身风化，发动机报废，那些坐在车上的人一点点老去，他们的孩子在教室里等他们开家长会，等到白发苍苍。

朱青心神一恍惚，挂了前面一辆白色宝马的倒车镜，正打算停车看一下，听见里面喊，站住。他腿一哆嗦，不知怎么脚就用劲一蹬，自行车继续歪歪扭扭朝前跑去，一溜汽车的倒车镜发出稀里哗啦的声音。朱青知道这下糟了，更不敢停车，从一个缝隙里横穿到人行道上，没命地蹬起来，然后拐进一条横巷。这时他听到一处建筑物楼顶上传来大钟报时的声音，四点了。他抬头看了一下，看见了八一小学教学楼的楼顶，然后看见黑乎乎的窗格里有一个小小的人影，他觉得那一定是他儿子。可是他不敢朝学校方向走，而是掉转头，从另一条巷子里又窜出去，然后进了一个家属院，看见后面没有车，扔下自行车，躲进一处绿篱里，一屁股坐在地上，大口喘气。

等身上的汗渐渐落下去，他朝四面看看，确信没有人，才骑上自行车朝学校走去。到了校门口，见有两三个人影匆匆进了教学楼。他掏出手机来，看了看时间，四点十七分，离家长会还有三分钟。朱青为刚才的行为内疚起来，挂了人家的倒车镜为什么要跑呢？停下来道个歉，帮人家修一下，或者大不了赔人家个倒车镜。结果弄得挂了那么多倒车镜，自己像个逃犯似的。朱青后悔起自己的行为，唯一使他欣慰的是家长会没有迟到。

朱青进学校时，保安拦住他。朱青说开家长会，保安让他登记一下。朱青匆匆把内容填好，进了学校，他看见操场上停着一辆白色的宝马车，崭新的倒车镜上有一道新鲜的划痕。朱青心里紧了一下，犹豫了犹豫，想哪能那么巧呢？他把自行车塞到操场的角落里，回头看保安，保安正狐疑地看他。朱青挺了挺脊背，朝教室走去。

路上想，或许不是这辆车，即使是，这辆车的主人也可能是其他班学生的家长。这样想着走到教室门口，他听见老师说，朱颜的爸爸还没有到，咱们不等了，现在准时开家长会。朱青赶忙敲门。进去之后，所有家长和学生的目光都转向他。他低下头，猫着腰走到儿子旁边，在左边空着的板凳上坐下。儿子生气地问他，爸爸，告诉你不要迟到，你怎么还迟到了？朱青低声道了歉，捏了捏儿子的手。教室里弥漫着一股沙尘的腥气和孩子们身上特有的那种乳臭未干的气味。朱青朝儿子旁边瞄了一眼，儿子的同桌是一个又高又胖的女孩儿，发红的脸蛋上长满雀斑，比儿子足足高出半个头。朱青想，就是这个女孩儿欺负儿子。他朝女孩旁边看了一下，女孩来的家长是一个年龄比他小些的女人，穿着一件牙黄色的风衣，戴着一副遮住半边脸的茶色眼镜，脖子又白又嫩。从她身上散发出一阵淡淡的清香，是栀子花的那种味道，让朱青脑袋清醒了许多。女人发觉朱青看她，扭过脸来，手指头上转动着一把汽车钥匙。朱青看到她手指上的钥匙，心中一凛，忙把头转过来。儿子揪了他袖子一下，问，爸爸你看什么呢？朱青感觉到儿子的不满意，把脸转向儿子。朱青看见两个并排的小桌子，胖女孩趴在桌子上，胳膊占了儿子桌子的一小半，儿子可怜地蜷缩在一边，委屈地看着他。朱青想，今天一定得和老师说一下，给儿子换个座位。

老师在讲台上居高临下地用目光巡视着学生和家长，朱青不由得把身子正了正，和老师对接了一下目光，然后低下头去。越过几条桌腿和两个孩子的腿，他看到了女人的脚。女人穿着一双银白色的高跟鞋，没有穿袜子，两只脚交叉着叠在一起，放在上面的左脚露出一条淡青色的筋，像一枝绣在白绫子上的梅花。朱青感觉脑袋嗡嗡直响。

老师开始介绍上个学期的情况，家长们都听得很认真。她间或举几个学生的名字，表扬一下，偶尔也批评几个学生。表扬学生的时候，朱青看见一些学生家长的背不由地挺了一下，眼睛也一亮。批评学生的时候，大多数家长没什么表情，个别人的背却会塌下来。朱青一下想到"脊梁"这个词。在学校里，学习成绩就是学生的脊梁。在社会上混，钱是人的脊梁，品德操守也是人的脊梁。朱青想刚才自己刮了别人的镜子，背塌了一下。又想不是因为自己没有车吗？假如自己也开车，就不会刮了别人了。假如自己开的是越野车，别人想刮他也刮不着。要是自己开一辆坦克，被别人撞了也不怕。老师说到课堂纪律的时候，说起了朱颜。他说朱颜其他方面都不错，就是不会学习，课堂上注意力老不集中。儿子把头朝朱青胸膛上靠了靠，带着哭腔说，爸，她老干扰我。朱青制止住儿子的不满，让他听老师说完。老师说完之后，儿子委屈地继续对朱青说，每天一上课，她就欺负我，弄得我听不进课去。朱青看着眉清目秀的儿子，看见他那个胖同桌趁着他往这边靠的时候，又把身子往这边挪了一下，她几乎大半个身子都放到儿子课桌上了。朱青想，到底是普通的一般小学，老师连原因也不分析，就责怪孩子。要是当初多花一万五，去了五一小学，肯定不会发生这种事。

老师又说了半天，终于说完了。然后她问，哪位家长有什么建议和想法，也说说。儿子把嘴凑到朱青耳朵上，说你和老师说说，给我换一下座位，她不仅上课欺负我，下了课也欺负我，老追着我打。朱青点点头，却发觉教室里一下安静了，比刚才老师发言时安静一百倍。每个家长都面无表情地发呆，不像有话说的样子。朱青朝老师看了一下，老师的目光空洞地注视着下边，像在看所有的家长，又在像什么也不看。朱青想等等再说，把头扭向外边。沙尘暴还没有停，但听不见风的声音，只看见天空像一块磨得发黄的细纱布，天色比以往这个时候暗了许多。窗户玻璃上蒙着一层细细的黄沙，仔细看里面有些黑色的小颗粒。朱青想自己的视力是2.0呢。2.0有个屁用，还不是拿着水枪和抹布洗车？

儿子用肘子捅了一下朱青。朱青忽然想，自己2.0的视力怎么没有看到刚才那个女人的茶镜上有没有细沙子？他把目光收回来，朝女人茶镜上望去。他看见茶镜干干净净，上面没有任何细小的沙粒。

老师见没有人发言，咳嗽了一声清了清嗓子，说那就让张铁生的家长说一下吧。刚才被表扬最多的那个孩子的爸爸站起来，说了几句。都是老师十分辛苦、十分负责这类话。朱青觉得这个家长会就要过去了，他有些遗憾，但松了一口气。张铁生的爸爸说完，老师问再有没有家长发言？家长们又都表情呆滞。儿子踢了他一脚，说，爸爸！朱青挪了挪脚，看见女人叠着的两只脚放平，露出光滑的脚踝。老师说，今天家长会就开到这儿吧。家长们站起来，往教室门外走。儿子揪朱青的衣服。朱青说，爸爸回去和你说。儿子眼里满是泪珠。

出了教学楼，天空更加昏暗了，像天掉了底子，漏下些灰扑扑的东西。儿子的同桌微笑着和儿子说再见，儿子扭过脸不吭声。朱青对儿子说，同学和你说再见呢。儿子还不吭声。他不好意思地朝女人笑了一下。女人掏出两个白色的口罩，给女儿戴上一个，她自己戴上一个。女孩戴上口罩，那张胖红的脸一下遮住，露出两只明亮的眼睛，他发觉小女孩不像刚才感觉那样讨厌了。女人戴上口罩，加上那个大眼镜，把脸都遮住了。朱青突然感觉自己安全了，他长出了一口气。

女人领着孩子朝那辆白色的宝马车走去。朱青蹲下身子给儿子拉上衣服上的拉锁，说今天天气冷。孩子用劲挣脱他，把拉了一半的拉链一下都拉开，说，我不冷。眼泪掉下来。朱青拍了拍儿子的脑袋，看见校门口的一盏路灯亮了，像漫天的黄沙中开了一朵瘦弱的小黄花。

宝马车发动马达，出了学校。朱青说，儿子，回家爸爸给你解释。孩子把头一扭。朱青载着儿子走在回家的路上，路过"六味斋"的时候，他眼睛一亮，说儿子你想吃啥，爸爸给你买点好吃的。孩子的脸上有了丝笑容，把大书包从车筐里取下，推开那扇沉重的玻璃门，等朱青锁车子。朱青刚把车子锁好，一下看见那辆白色的宝马车停在旁边的一个车位上，倒车镜上那道划痕还是那么醒目。朱青想，见鬼。他用劲招呼儿子过来。儿子不解地放开玻璃门，不高兴地朝他走过来。朱青看见玻璃门关的一刹那，从上面反射出一道女人的身影。他赶忙让儿子坐上自行车，往前驰去。儿子吃力地把书包抱紧，生气地说，爸爸，你干吗呢？朱青说，爸爸觉得"一手店"的肉更好吃，咱们去"一手店"吧。儿子说，我觉得"六味斋"的也好吃。朱青目光瞄着路两边，看见一家装饰成大红色的"一手店"铺子，说咱们去那儿买。朱青把车推上马路牙子，招呼儿子下车。儿子不情愿地挪动着身体，说我要吃辣鸡翅。朱青点点头说，行。他把车子停好，拉着儿子的手往"一手店"里走，忽然听见身后传来刹车声，然后看见那辆白色的宝马车驶上路牙子，堵住他的自行车。朱青的脚步不由停下来，儿子抬起头疑惑地望着他。

车门打开，小女孩先从副驾座位上出来。儿子叫了一声她的名字，显然不生她的气了。女孩跑到儿子身边问，朱颜，你们买东西？这时女人从车的另一边下来。朱青不由往前跨了一步，怕儿子受伤害似的把他挡在身后。女人没有像朱青想象中那样大发雷霆，她盈盈一笑，说，你家孩子和我家孩子是同桌呢。你家朱颜学习好，希望他能多帮助一下我家孩子。女人说着话，走到朱青的自行车旁，接着伸出一根白皙的手指，好像无意识似的拉了拉自行车后座上缠着的一根白色尼龙绳。朱青看了看那根尼龙绳。那是去年在一家搬家公司干活时，过中秋节老板给他们每人发了一袋子苹果。朱青往回载的时候，用一根捆着啤酒的尼龙绳把它绑了一下。回家放下苹果后，觉得以后再绑东西或许还能用得上，便把它缠在自行车后座上了。现在，这条尼龙绳磨出了一些细絮，一条稍长的在风中飘来飘去，像蛇吐出的信子。

朱青望了望两个孩子，他们似乎没有意见了，两个人在愉快地说着学校的什么事情。朱青觉得自己在学校没有和老师说孩子座位的事情是对的，孩子们的事应该让孩子们自己解决。朱青往自行车旁走去，闻到了女人身上的香味。他长吸了一口气，瞄了瞄女人细长的手指，把那条尼龙绳解下来，说，没用了，丢在地下。女人蹲下身子，把尼龙绳捡起来，扔进几步远的垃圾桶里，然后轻轻地说，以后骑自行车慢点，最起码多为孩子想想。朱青想说句什么，却什么也没有说，目光转向自己的儿子。

两个孩子像商量好似的，女孩冲女人说，妈妈，快回家吧，我还要写作业。男孩朝朱青说，爸爸，赶紧回吧，今天的作业还没有写完。朱青耸了耸肩膀，说对不起，从口袋里掏出钱夹。女人已经招呼孩子上车了。女孩朝朱颜说再见。女人说，一手店的红肠挺好吃，给孩子买点。她上了车，发动马达。晚上，儿子一个接一个啃小鸡翅，啃完一个就问朱青，爸爸，真好吃，我可以再吃一个吗？朱青说可以。他慢慢嚼着红肠，里面蒜泥的香味让他想起女人身上的香水味，他想难道她也爱吃这个吗？

第二天，朱青送了儿子上学，路过五一小学的时候，看见路口又堵成一片，那个小个子交警边指挥来往的车辆，边急切地跑到马路对面接孩子们过马路，他脸上洋溢着笑容，牙齿雪白。朱青对他微笑着打了个招呼，他没有看见。

这天晚上放学后，朱青接儿子的时候问，今天你同桌没有欺负你吧？儿子嘟着嘴说，怎么没有呀？上英语课的时候，我在认真听课，她却不停地向我借橡皮。朱青说，你借给他不就得了。我借给了，可是老师批评我不认真听课。朱青说，以后告诉她上课不要和你说话。儿子说，我说了呀，可是她太任性了，根本不听。她妈妈都让我们老师多管教她。爸爸，听说她家是我们学校最有钱的。她就是因为任性，学习不好，才从五一小学转到我们学校来的。好像校长是她家的亲戚。朱青说，你以后小心点。可是他也不知道让儿子小心什么。

从此，儿子隔三岔五对朱青说，爸爸，同桌欺负我，你和老师说说，给我换个座位。朱青开始还紧张，儿子一说，他就问，她怎样欺负你了？可是都是些芝麻蒜皮般的小事。时间久了，朱青听得麻木，也就不怎么当回事了。

一天下午，学校突然打来电话，说儿子磕着了，让朱青去学校。朱青赶忙骑上自行车往学校跑。到了学校，儿子在老师办公室，班主任张老师正安慰他。看见朱青来了，她说你儿子下课时不小心被同学绊了一下，他一直说手腕疼。我已经给那个孩子家长打了电话，她马上就来。

张老师的话刚说完，办公室传来敲门声。张老师说，正好来了。朱青看见了儿子同桌的妈妈，她穿着一条亚麻质地的裙子，棕色凉皮鞋，戴着茶色镜子。朱青一看见她，就想起上次蹭车的事情，不由冲她笑了一下。她没有回应朱青，而是问张老师，发生啥事了？张老师说，你家小孩下楼梯时不小心把另一个小孩推了一把，碰了一下。

朱青问儿子，你哪儿疼？儿子流着眼泪说，手腕，还有头。张老师说，你们两个家长商量一下，看怎么办？朱青问儿子，还疼吗？儿子说，疼得更厉害了。张老师说，那去检查一下吧。朱青怕儿子骨折，也点了点头。

出了教学楼，女人问，你怎样来的？朱青说，我骑车。女人说，一起坐我的车吧，去中心医院检查一下。他们上了那辆白色的宝马车，不知怎的，朱青感觉有些发窘。倒车镜换过了，跟新的一样。女人驾车，儿子同桌坐在副驾座位上，朱青和儿子坐在后排。一路上谁都不说话。朱青虽然在洗车行工作，可坐宝马还是第一次，他搂着儿子，觉得坐宝马车好像就是比别的车快一些。

到了中心医院，女人挂了号。骨科的一位戴眼镜的年轻医生给儿子摸了摸手腕，又叩了叩，说没事，只是折了一下。朱青问，不是骨折吧？医生说，不是，如果骨折了，应该肿起来了。朱青说，他头还疼。医生摸了摸，笑着说，没事。然后开了些消炎药。女人划了价，取上药，问朱青，你们去哪儿？朱青说，把我们放学校吧。女人发动车。

朱青问儿子，还疼吗？儿子说，好多了。快到学校的时候，女人忽然掏出五十元，给了女儿说，给叔叔，让他给小朋友买箱奶。朱青赶忙推辞，说，我们家有奶。检查一下谁都放心，要不万一有个什么事情……女人冷笑了一下，把钱从女儿手里接过来，用两根手指夹住伸向后面，说，拿着吧。朱青说，我们不要！小女孩突然说，妈妈，下楼梯的时候，后面有人推我。女人怒声问道，谁推你，你为啥不说？朱青搂着儿子，一到校门口，赶紧下车。

晚上回了家里，睡觉的时候，儿子说，爸爸，我的胳膊和腿都磕着了。朱青像女人那样问道，你为什么当时不说？儿子说，那时手腕和头疼得厉害。儿子脱了衣服，朱青看见儿子的胳膊肘子蹭破了，一大块血迹。膝盖也蹭破了，还有瘀青。他生气地说，你为啥去医院的时候不说呢？朱青心疼儿子，又为受了女人的抢白和侮辱生气。儿子不吭声，又要掉眼泪了。朱青说，我现在就给你们张老师打电话，让她给你调一下座位。

朱青拨电话，张老师的手机关了。

朱青开始发短信，他想张老师第二天早上一打开手机就可以看到短信。

第二天早上，送儿子上学的时候，朱青还是没有收到张老师的短信。他打电话，张老师手机开了，但是没人接电话。

朱青把儿子送到学校，又打张老师的电话，还是没人接。

走到五一小学的时候，朱青看到马路上各种车辆又堵在一起，而且不光非机动车道上停满了车，就连紧挨着非机动车道的那条车行道也停满了车，许多家长把车停那儿，领着孩子去学校。那个矮个子交警笑嘻嘻地接送过马路的孩子。这次，朱青不像平时那样感觉他高尚。他想交警要是严格执法，把停在非机动车道和行车道上的车都赶走，路就不会这样堵了。而且假如国家真替老百姓考虑，在路口安个红绿灯，就不需要这个交警接送了，学生们过马路也更安全了。有了这种想法，他心里不由生出一股怨气。

　　朱青顺着行车道旁边的马路往前走，因为堵了两条道，人们只能这样走。朱青忽然感到一阵发凉，一辆黑色的奥迪车挂了一下他的衣服，然后擦了他的车把，继续往前驶去。朱青感觉一阵后怕。等他反应过来，那辆奥迪已经在前边调了头，往反方向走去。朱青看见它的车牌是JBXX678。一阵怒火从朱青心头升起，他想你们有钱就占我们的道，你们有钱就不把我们的命当回事？他把自行车扔在马路边上，冲进旁边的一家茶叶店，拿起一条装饰用的扁担，狠狠地朝马路上乱停的汽车倒车镜打去，边打边想，没人管你们，我来管，我来替天行道！这时，朱青的手机响了起来，他想掏出来看看是不是张老师回电话了？矮个子交警和几个车主跑过来，紧紧抱住朱青的胳膊，把他摁在地上。

单
人
床

下了一整天的雨，傍晚时停了，天气有点凉。

陈多宁吃过饭，电热水器里加好水，插上电源，躺在床上读卡夫卡的《老光棍布鲁姆费尔德》。他读到布鲁姆费尔德一打开门，看到两个小球在地板上不停地跳来跳去，跟在后面模仿他，挑逗他，他怎样也抓不住。陈多宁觉得疲惫和绝望，他想起自己相处过的那些姑娘，那种无力的感觉攫住了他。

这时他的手机响了，李小平邀他出去喝酒，说已经到了他家楼下。

李小平叫他喝酒，总是过了饭点，仿佛他忙得才停下来。但陈多宁一次也没有拒绝过，因为他喜欢李小平。现在李小平的生意做得顺风顺水，却见缝插针读起了在职研究生，陈多宁觉得他是个有理想的人。

陈多宁从床上爬起来时，床发出吱吱扭扭的声音，他想该找人来修一下。他拔插头时，水咕咚响起来。陈多宁下了楼，打了个哆嗦，感觉衣服穿得少了。

李小平站在卖防盗门的台阶上，正在和一个女人聊天。看见陈多宁，和他打招呼。"这是我的同学高丽，你们可能见过面。"他向陈多宁介绍。

陈多宁打量了一下高丽，感觉有些失望。她长得太普通了，像路上随便一脚就能踢出一块的那种石头。他们握了手，高丽的手很干燥，也很粗糙。

李小平说："我家附近新开张了一家大连海鲜馆，听说味道不错。咱们去那儿吧?"陈多宁瞧了瞧李小平身边的高丽，觉得她今天应该是主角。高丽说："行啊，吃啥都行。"

李小平家离这儿不算远，他们便走着过去。马路湿漉漉的，有的地方还在淌水，隔一段地方，可以看见一个小水坑。路过一家担保公司时，门口都是水。李小平拉着高丽的手，踮着脚尖走过去。李小平的鞋湿了，裤腿也湿了一圈。高丽的高跟鞋上粘了一块透明胶带，胶带上粘了一个方便面袋。李小平让高丽站住，用脚贴着她的鞋跟踩住那块胶带，方便面袋从高丽脚上掉下来，被水冲走了。陈多宁看着他俩偎依在一起的样子，正发怔时，没注意自己的鞋湿了。

他们到了海鲜楼。陈列海鲜的一楼大厅非常冷清，水箱里的鱼、虾等东西死了一样不动，冰块上面有几只苍蝇嗡嗡乱飞。高丽说，不要点辣菜。陈多宁最爱吃辣菜，但他没有吭声。最后他们点了一盘爆炒蛤蜊，不要辣椒。三对对虾。一段秋刀鱼。还有几个蔬菜。李小平说，高丽带了一瓶好酒。

领位员带着他们上了二楼。二楼同样冷清，大概二百平方米的餐厅里，只有一桌人在吃饭。他们挑了靠窗户的一张桌子。

高丽掏出她带的酒。这是一个明黄色的、爬满龙的瓷瓶子，看起来很夸张。陈多宁从来没有见过这种酒瓶，他问："这是什么酒？"

"我也不知道，朋友说挺贵的，劲也挺大！"高丽说。

"劲大就好，肯定是好酒！"李小平说。

陈多宁接过酒瓶，上面除了飞舞着的龙，没有一个字。他想起一位朋友收藏酒瓶。

这时高丽说："喝完酒我还得把瓶子拿回去，我答应朋友喝完把酒瓶送回去。"

李小平倒酒时，高丽说："你敢喝吗？"

陈多宁有些惊诧地望着李小平。他这位朋友一向好酒量，性格也痛快。

李小平不好意思地说："身体出了点小毛病，但已经没事了。"

还没有等陈多宁问什么毛病，高丽说，他做了个痔疮手术。陈多宁想到刚才高丽不让点辣菜，觉得她挺会体贴人的。

李小平用分酒器给三人每人倒了一杯，说："咱们把这瓶酒分着喝完。"

高丽把李小平杯子里的酒给自己杯子里倒了一些，她的酒杯满得快溢了出来。陈多宁觉得有些微微的感动，他很少见到喝酒这样痛快，又肯照顾人的女人。

酒果然是好酒，入口的时候很绵，喝下去却像一团火在肚里烧。陈多宁一下觉得不冷了。

高丽原来是陕西人，读完法律专业研究生考公务员来到山西，现在和李小平一个班又读在职工商管理研究生。陈多宁不由多打量了她一眼，拿她与自己接触过的那些女孩相比，竟发觉她身上真比自己认识的那些女孩多一点点东西，具体什么，他说不上来。

因为这一点点东西，陈多宁认真听李小平和高丽聊天。他们聊班里的事情。考勤、上课、作业……陈多宁没想到在职研究生也有这么认真读的。他望着两个"好学生"，发现李小平看高丽的眼神里藏着一种罕见的柔情。他想李小平一定非常喜欢高丽，他们要是都没结婚，倒是挺般配的一对。

把瓶里的酒分别匀到三个杯子里后，高丽又把李小平的酒往自己杯子里倒了一些。陈多宁呵呵笑着望李小平。李小平笑着说："你看我干啥？"陈多宁没有回答。他想高丽一定是个非常能干的女人。

对虾和一盘蛤蜊差不多已经吃完了。秋刀鱼和蔬菜却还有不少。高丽把酒瓶放包里说："这里的蛤蜊做得不错！"李小平叫服务员再来一份。高丽阻止，李小平还是坚持点上。只是上次点的是花蛤，这次点了一盘白蛤。他说："咱们尝尝白蛤和花蛤有什么不一样。"

快到十点的时候，杯子里的酒只剩下一口了，新上的蛤蜊也吃得剩下零星几只。李小平说："咱们喝完杯子里的酒撤吧？"高丽用劲挥着手说："没事，今天孩子送到婆婆家了，再喝点啤酒吧。"陈多宁想问一下高丽，她的丈夫是干什么的？但他没有问。

李小平要了三瓶啤酒。

高丽说："咱们把马庆才叫来吧？他就住在附近。"

李小平为难地说："已经十点了，我打电话他恐怕不出来。"

高丽痛快地说："我来打。"她从包里掏手机的时候，动作的幅度很大，顺着手机掏出一只口红和半包卫生巾。陈多宁感觉她喝多了，他能闻到她嘴里呼出来的浓烈的酒味。

过了快半小时了，马庆才还没有到。饭店服务员已经收拾完另一个桌子的东西，把餐厅里的大灯关了，只等着他们。

李小平说："他不来咱们走吧。"

高丽说："他一定来！十点半，好吗？等到十点半，他不来咱们就走。"

李小平又要了三瓶啤酒。

对面墙壁上的分针指向6的时候，楼梯口传来脚步声。高丽欣喜地说："马庆才来了。"

一个看上去很年轻很帅气的男人夹裹着一股寒气上来了。他一坐下就喊冷。陈多宁看见他上身只穿着一件花花公子半袖T恤。

李小平喊："服务员，加菜。"

"厨师下班了。"一个懒洋洋的声音回答。

马庆才说："我已经吃过晚饭了，过来看看你们就行。"

李小平说："上啤酒。"

马庆才说："吃海鲜不能喝啤酒，会得风湿病。"他要了一小瓶劲酒。

高丽问："你怎么才来？"

马庆才说："我已经睡下了。接了你的电话爬起来走过来的。"

李小平把陈多宁和马庆才介绍了一遍。这个男人也是他们研究生班的同学，父亲是某市的副市长，自己是北京一所名牌大学毕业，三十出头就做了一家煤炭企业的处级干部。陈多宁感觉他身上几乎有所有少年得志的人身上的那种东西，自信，聪明，故意表现出一种谦虚却掩饰不住的骄傲，感觉对你好但又让你觉得虚情假意。他不喜欢这个人。

马庆才开始滔滔不绝讲自己坐着只能载六位乘客的飞机去欧洲旅游，打高尔夫球时应该喝什么茶……他说几句，用筷子从盘子里翻一只蛤蜊吃。一会儿工夫，盘子里一只蛤蜊也没有了，只剩下些葱段和大蒜。秋刀鱼也被翻过来，啃得只剩下骨头。蔬菜却几乎没有动。他刚进来时因为冷有些发白的脸现在变得红通通的，嘴上都是油光。高丽的眼睛亮晶晶地盯着马庆才，仿佛他嘴上的油涂到了她的眼睛上。陈多宁觉得大概高丽向往的生活或奋斗的目标就是这样。他想自己的女朋友万一结婚后也希望过上这样的日子怎么办？他一下感觉十分恐惧。此时李小平已经一句话也插不上了，他把头靠在椅背上显得十分疲惫。陈多宁不知道为啥有了今天这个鬼饭局，他感觉自己瞌睡得要命。

十一点的时候，饭店服务员打了一个长长的哈欠。仿佛提醒了陈多宁，他不顾礼貌也跟着打了一个哈欠，想今天什么也说不成了。他怀念以前和李小平喝了酒，两个人一起对着一棵树，边撒尿边咒骂生活的日子。那个时候，他们好像最能说到一块儿。

忽然高丽尖叫了一声，她说："过了十一点我家小区的大门就关了。"

李小平问："你没有配把钥匙？"然后他说，"那赶紧回吧！"

马庆才却说："反正已经十一点了，回去也关了门了，不如尽兴吧。回去再叫门。"

他呼喊服务员继续上酒。

陈多宁想起老光棍布鲁姆费尔德独自一人上楼梯时的那种孤独。他住的单元楼楼道里的灯全坏了，这个时候，大概人们也都睡觉去了。他想到一会儿自己要摸着黑爬上六楼，一丝孤独和绝望涌了上来。

这时马庆才的手机响了，电话里有孩子的哭声，一个女人催他赶快回家。马庆才嘴里答应着，挂了电话催服务员赶快上酒。楼下传来酒瓶碰撞的咣当声，服务员上楼的时候酒瓶随着她的脚步咣当响。她把三瓶啤酒和一瓶劲酒打开，重重地放在桌子上。陈多宁感觉自己喝多了。

马庆才继续滔滔不绝地讲着。陈多宁感觉他的声音好像浮在海面的一艘船，只在动，他说什么，他一句也听不清，只看见他的两片嘴唇一上一下，中间不时出现一排闪亮的银丝。陈多宁想起《老光棍布鲁姆费尔德》中那两颗自己不停跳动的球，他觉得现在就找到一颗。他相信马庆才会永远说下去。

他们出了酒店时，背后马上响起咣的关门声。陈多宁感觉那颗球还在蹦。

周围的其他酒店早已打烊了，天空出来几颗星星，很模糊，似乎也在蹦。

大家互相握了手，李小平家就在附近，他转身先走。陈多宁发觉他的神情有些黯然。碰上谁也是，和自己喜欢的女孩聊天，却插进来这么一位不知趣的家伙。

留下他们三个人后，马庆才说："我家住得不远，我要散散步醒醒酒。"

高丽说："你们没人送我，让我这么晚独自一人回去？"

陈多宁望马庆才。马庆才的手机响了。他掏出来看了看，没有接。他说："我出门时没有带钱。"

陈多宁忽然看见几个小时前，高丽一个人抱着一瓶酒，在雨后的大街上找自己的同学。

陈多宁一下冲动了。他说："我送你，咱们顺路。"

马庆才马上冲陈多宁说："你们顺路我就放心了。你一定要把高丽送回家，她喝高了。"

陈多宁没有吭声。过来一辆出租车后，他拉开后车门。高丽没有和马庆才摆手打招呼，直接就上了车坐到里面，给陈多宁腾出一个位置。陈多宁上车后，对司机说："往前走。"

马庆才被甩在了黑暗中。

过红绿灯时，陈多宁问："高丽，你家住哪里？"

高丽脑袋一歪，靠在陈多宁肩膀上打起了呼噜。

"你朋友喝多了。"司机说。

陈多宁苦笑了一下，招呼司机往左拐。他推了高丽几把，高丽睡得很香，一翻身抱住了陈多宁。她嘴里的酒气喷在陈多宁脸上。陈多宁想今天真怪，自己喝多了还能闻到高丽的酒味。他指挥司机左拐，右拐，左拐。到了他家小区门前时，高丽还没有醒来。陈多宁架着她下了车，付了车钱。

他摇晃着高丽说："到我家小区了，要不在我家待一晚？"

高丽身子重重的要坐到地下去，陈多宁只好架着她往六楼爬。楼道中间黑乎乎的，偶尔从防盗门里传出放电视的声音。高丽的身子不住地往下滑，好几次陈多宁往起架她的时候，不小心触到了她鼓鼓的乳房。她包里的酒瓶像一颗炸弹，陈多宁想起上面那张牙舞爪的黄龙，害怕把它磕碎。爬了好久，不知道到了几楼，陈多宁想一屁股坐到地上。他听见自己的心咚咚在跳，头越来越沉。他想起那两颗不停地蹦的小球，觉得自己再使劲爬也爬不到六楼。

他大喊："停下来！"

开了灯，陈多宁把高丽放到自己的单人床上。床响了几下。陈多宁想这张床应该修一修了。

高丽睡得很沉，不时紧一下眉头。陈多宁想她可能难受。他帮她把鞋脱了。脱鞋时，他想起李小平和高丽偎依在一起，帮她弄鞋底上的透明胶带，他甩了甩头。

高丽穿着一双透明的低腰丝袜，能看到抹成金色的脚趾甲。陈多宁又帮她把包从肩上摘下来，摘的时候衣服滑了一下，露出一条细细的黑色乳罩带，深深勒进她的肩膀里。陈多宁怔了一下，把鼓鼓囊囊的包放在门口一把椅子上，那只瓶子没问题。

接下来，陈多宁想自己应该热点水。他往厨房走，忽然眼前一阵发黑，他感觉自己轻飘飘的，像一枚从树上落下的叶子。他想抓住点什么，结果无助地倒在床上，倒在软绵绵的高丽上面。陈多宁感觉很舒服，但他觉得应该挪一下身子，再把灯关了，可是他轻得没有一点力量，他搬不动自己。

……

"救命啊！救命啊！救命啊！"

陈多宁被尖叫声惊醒的时候，觉得屋子里白花花的，发现自己趴在一个女人软绵绵的身上。他也"啊啊啊"地尖叫起来。然后看到身下那张越来越清晰的脸，是晚上一起喝酒的高丽。尖叫声不停地从那张脸上发出来，像一个坏掉的报警器。他想到这是深夜，没有再往下想，抱住那张脸，把自己的嘴堵在那张嘴上。一股浓烈的酒味从那张嘴里喷出来，勾起了陈多宁肚子里的酒，他一阵反胃，来不及爬到床边，只能把头一扭。一堆东西从他嘴里吐出来，吐在那张脸边的枕头上，有几滴东西溅在那张脸上。陈多宁内疚地抬起手来，想去擦那几滴东西，他认不出来那些黏糊糊的东西是什么玩意儿。昨天晚上他们没有吃主食。

"啊！啊！"那个声音继续尖叫着，声音更大了。高丽使劲扭着身子，要爬起来。陈多宁用劲紧紧抱着她，他脑袋里嗡嗡地乱叫，他听到一阵警报声从楼下的马路驶过，墙上的钟敲了两下，隔壁人家好像有人在开灯。陈多宁想可能整个单元的人都被吵醒了。他不知道该怎么办，只能牢牢地抱着这个身子。他的脚触到了高丽脚上滑滑的丝袜，感觉到一丝凉意。然后看见了她的半个乳房，上面有一颗红痣，像一颗随时要滚落到荷叶下面的露珠。陈多宁不相信那是真的，他伸出舌头舔了一下，身体下边的声音更加尖锐了。床疯狂地乱叫。隔壁传来冲马桶的声音，马桶好像坏了，声音老不停。

陈多宁说："你不要喊了，咱们什么也没有干！"

马桶里还在流水。

陈多宁说："你不要喊了，大晚上的。我什么也没干！"

有人揭起马桶盖，鼓捣了一下里面的什么东西，流水声音停了。

陈多宁大声说："你不要喊了，这是深夜，我没有干你!"

有人好像踹了一下墙，声音忽然停止了。

陈多宁想起李小平孤独的背影，马庆才说他出门没有带钱，然后闻到屋子里一股酒味和臭味。他爬起来时，床又开始在叫。陈多宁想，明天，不，天亮之后一定把这张床修理一下。他打开窗户，一股凉气钻了进来。

陈多宁去卫生间插上热水器的电源，把温度设置在40度，端了垃圾桶和脸盆过来。他感觉头有些疼。

高丽已经穿好鞋子，垂着头抱着包坐在椅子上流泪。陈多宁把床单撤下来扔进垃圾桶里，用毛巾擦了一下枕头，扔进垃圾桶里。他开始墩地。热水器的蜂鸣警报响了。陈多宁去卫生间拔了电源，冲高丽说："去冲个热水澡吧，黄色毛巾可以用。"高丽放下包进了卫生间，一会儿里面传来水流的声音。陈多宁找了干净的纯棉T恤和半腿裤放在卫生间门口的椅子上。他继续墩地。

高丽没有换陈多宁的衣服，她把头发擦干之后，呆呆地在地上站着。

陈多宁把被褥展开，说："睡吧。还可以睡四五个小时。"

他转身进了卫生间，用剩下的热水冲身子。

外面传来一声愤怒的尖叫，然后是瓶子摔在地上的声音。

陈多宁身上还有些泡沫的时候，没水了。他加了点凉水，把身上的泡沫冲干净。刷了牙。把内裤、背心等衣物扔到盆里，穿上刚才给高丽准备的衣服。

高丽已经钻进被子，身子背对着外面，似乎在发抖。那只黄色的瓶子碎成好几片，一只龙头冲着陈多宁，瞪眼睛。

陈多宁把碎酒瓶捡起来放桌子上，拼了两把椅子，拉灭灯，躺到椅子上后，感觉从窗户吹进来的风有些凉，但他一点儿也不想动了，便缩了缩脚，把身子蜷成一团。

早上，陈多宁被床上翻身的声音惊醒时，他梦见自己正在举行婚礼，新娘穿着雪白的婚纱，脚上的袜子一只长，一只短，李小平、高丽、马庆才手里都捧着一束鲜花，冲他微笑。他在椅子上又蜷了会儿，去关窗户。天已经蒙蒙发亮，清洁工们在打扫马路。他躺回到椅子上，感觉到暖和了些。

过了一会儿，床上的人起来了，进了卫生间。里面响起窸窸窣窣的声音，然后是冲马桶的声音，洗脸声。陈多宁拿起那几块瓶子的碎片，看见有的地方有红色的血迹。

高丽从卫生间出来，左手食指上缠着一圈卫生纸。

陈多宁问："昨天划破手了？"

"嗯。"

"为啥不说呢？"

"嗯。"

"我昨天喝多了，对不起。"陈多宁说。

高丽甩了甩头，仿佛要把昨天的一切都甩掉。

陈多宁看见她脸有些浮肿，眼袋发黑。他说："你还可以再休息一会儿，我去弄点吃的。"

高丽说："昨天，我一晚上没有回家！"

陈多宁不知道该说什么，他煮了两包方便面，荷包了鸡蛋，放了香菜。

吃饭的时候，陈多宁说："昨天真的对不起。"高丽呼噜呼噜吃面，一滴眼泪掉进碗里，她赶紧擦了一下眼睛，冲陈多宁笑了一下。

陈多宁送高丽出门的时候，隔壁屋子的门开了，一个头发谢顶的大胖子走出来，陈多宁从来不知道隔壁住着这么大的一个胖子，他一个人几乎能把楼道塞满。陈多宁想昨天是不是他踹墙壁呢？大胖子冲陈多宁挤了挤眼睛，悄悄竖了一下大拇指。

高丽和大胖子一前一后下了楼。陈多宁把所有的窗户都打开，新鲜空气从四面八方流淌进来。时间还早，但陈多宁睡不着了，他换上运动鞋，来到附近的公园里。晨光下，一群老头老太太在慢悠悠地打太极拳，几个年轻人在踢毽子。健康步道上，一个女人把外衣系在腰里，用劲往前走着。她的步子轻快而敏捷，像一只豹子。陈多宁有了分好奇，想瞧瞧这个女人是一个年轻女孩，还是一位上了年纪的女人。他跟在女人后面往前走，可是很快女人把他甩下一大截。陈多宁有些不甘心，他小步跑了起来，还没有等到追上这个女人，他就累得气喘吁吁。他不相信自己追不上这个女人，又快步走起来，可是不管他走多快，就是追不上前面那个女人。她根本不知道后面有人想追上自己，只是步子很轻快地往前走着，超过前面几个扛着鱼篓准备钓鱼的人，超过推着平车的园丁，超过……拐过一丛丁香花后，陈多宁已经和女人拉下了很远的距离。然后他看见女人仿佛越走越快，最后消失在晨光里。

　　陈多宁回了家，把小区的修理工叫来，告诉他说："这张床我不要了，你带走吧！"修理工疑惑地看着这个仅有一张单人床的屋子，开始拆卸床板。他把床弄走之后，陈多宁开始打扫屋子。他把每一个角落都认真打扫了一遍，在放床的地方发现了一串钥匙和一只避孕套。钥匙是他和一个女孩分手之后新换的，当时怎样也找不到，以为它们丢了。他还发现了几块白色的碎瓷片，小心地把它们拾了起来，和昨天晚上的那几块瓷片放一起。陈多宁仔细墩了地，擦了玻璃，洗了被套、床单和脏衣服。

晚上，陈多宁换了一张结实的双人床。他躺上去试了试，又站起来在上面跳了跳，床稳稳地站在地上，没有发出以前那种令人不安的吱吱扭扭声。陈多宁松了口气，这么大一个问题就这样解决了。

半年之后，陈多宁结婚了。这个女孩长得一般，身材一般，工作一般，家庭一般，就是走起路来特别快。李小平来他家里的时候，问道："你记得一次吃饭时我带的那个叫高丽的女孩吗？"陈多宁望了一眼窗台，上面放着一个黄色的瓶子，上面歪歪斜斜有几道粘着胶水的痕迹，能看出上面有几条龙。

水到底有多深

上次去游泳是夏天的事情。

天气非常热，空气中到处弥漫着柏油路晒化后的臭味和烧烤摊子上飘来的羊膻味。

李山和甘蓝一早出发去大学城。这是一条户外骑行的好路。他们沿着靠近河边的路走。早晨凉爽的风吹得甘蓝的百变头巾紧紧贴在脸上，使得她的眼睛看起来更亮，熟悉的五官变得有些神秘。

一小时后，他们已经把炎热的城市远远抛在后面。河道里可以看见青翠碧绿的草滩和一汪汪幽深的水潭。不时出现几座帐篷，一些人在钓鱼。这里已经完全跟城里那规划整齐的滨河公园大不一样了。

快到高架桥的时候，李山看见河里出现一队游泳的人，他们像大雁似的排成一行，每个人身后漂着一只橘黄色的跟屁虫游泳包。李山想到自己离开村里之后十多年，再没有在这样的野外游过泳。他不由多看了一眼，感觉每一个毛孔都在冒汗。

骑到高架桥下面的时候，李山说："歇一下吧！"一辆大车从上面驶过，头顶发出轰隆隆的响声。

甘蓝摘下头巾，用手在面前扇着风，喊："真热！"然后拿起水壶，咕咚喝了几口水。一串水珠顺着甘蓝的嘴角流下来，流到她白皙的脖子上。李山想伸手帮她去擦，却没有动。水珠顺着甘蓝的脖子继续往下流。李山盯了盯甘蓝的胸脯。

李山买了一串葡萄和几只梨。他看见桥梁上用红色的油漆写着几个大字："桥下禁止游泳，危险！"几个人拖着跟屁虫游过了大桥，河里漂着一些泡沫塑料一样的脏东西。

"有很多人在这里游泳？"李山问摆地摊的大妈。

"多了。每年都淹死人，可有人就是不怕死。"大娘边回答边把地上的尼龙袋子揪了揪。她仰头说话时，李山看见她牙缝上粘着一根已经变黄的菜叶子。李山忍住不看大娘的嘴，盯着河里的那几个人，看他们要游往哪里。

五百米外的树丛中飘着几面旗子，那些人往那儿游。

甘蓝捻起一只葡萄，在裤子上擦。问李山："想游泳？"

"你去吗？"李山说，"我小时候经常在村边的河里游泳。来了城市之后，只能到游泳池了。"

"我不会。你教我好吗？"甘蓝把擦过的葡萄递到李山手里，她嘴里一股轻轻的薄荷气息也飘了过来。

他们推着自行车到了插旗子的公路边。草丛中掩藏着一条小径，有两个人推着山地车从下边上来。

李山问："能游泳吗？"

"赶紧下去吧，水挺好。"个子较高的那个人抬起头来回答。他望了一眼甘蓝说："但不能带女人。"

矮个子用劲按了一下自行车喇叭，发出警报似的鸣叫声，吓了李山和甘蓝一跳。

甘蓝红了脸。她推了一下李山的自行车说；"你快下去吧！"

自行车顺着护坡往下滑，李山边捏闸边对甘蓝喊："你找个地方歇一下。"

李山推着自行车沿着小路拐了个弯，发现树丛中藏着一座临时搭建的简易棚子。一个光屁股男人从里面出来，冲着树丛撒了一泡尿。

李山进了棚子，里面是清一色的男人，全都裸着身子。有的在做扩胸运动，有的坐在烂椅子或破沙发上晒太阳，还有的正往身上套跟屁虫，有两个湿漉漉的刚从水里爬上来。李山知道这个城市有一个裸泳的地方，没想到误打误撞碰上了。他想起小时候在河里游泳，无论大人小孩都裸着身子。不知道为什么来了城里，裸泳也成了个有说头的事情。

李山把自行车靠在墙边。地上乱扔着的破拖鞋绊了他一下。

又有两个人下了水，他们招呼李山。

李山看见刚才以为是泡沫塑料的东西原来就是水的泡沫，感觉有些脏。

"这么多泡沫？"他问。

"今天没风，有风就吹走了。"一个人回答。

"水有多深？"

"十七八米吧！"

在家乡的河里，李山最多只游过两三米深的水。他指着一个跟屁虫说："我没带这玩意儿，也好久没有在户外游过泳了。"

"你可以下了水试试，少游一段路就回来。"一个人说。

"你戴上我的。"另一个人把自己的跟屁虫递过来。

李山赶忙摆手拒绝。

他脱了衣服，把它们卷起来放在自行车把上倒挂着的头盔里。沿着水泥袋子垒的码头往水里走去。水比较凉，他哆嗦了一下，往身上撩了一把水，然后跳了进去。一种无边的自由包围住了他。游了几下，李山朝公路上望了望，看不到甘蓝。李山想她一定没有想到他在裸泳。他朝着先下水的那两个人游去。水中的泡沫浮到了跟前，看起来没那么脏。李山用劲一吹，破了。

游了大概不到二百米的距离，李山不敢往前游了，他想水这么深，自己又没有带防护工具。

返回的时候，李山一直朝公路那边望，还是看不见甘蓝。

上了岸，树丛挡住视线，什么也看不到了。李山重新打量这个棚子，除了自行车和人们带来的衣服、游泳用的玩意儿，其他的一切都是破破烂烂的。李山想，把这些东西扔到破烂堆上，也没有一个人捡，可是摆到这儿，哪一样都能派上用场。

他晒了几分钟太阳，又跳到河里。这次，李山游得比刚才远了一些，已经能看见高架桥上跑的汽车了。他想，要是戴上跟屁虫，一定要游到高架桥下，甚至可以更远些。往回返的时候，李山担心甘蓝等得急了，游的速度快了些。

回到岸上，李山没有等身体晾干，就穿上地上的一双烂拖鞋涮了脚，然后穿衣服。

刚才让他戴跟屁虫的那个家伙说："年轻人，有空多来玩。"

李山问："能一直游到啥时候？"

"一年四季都能。"

"冬天也能？"李山有些兴奋地问。多年来，他一直想试试冬泳。

"可以啊！冬泳的人还不少。"

旁边的几个人开始议论起冬泳来。李山想回去之后买一个跟屁虫，天天来这里锻炼，一直游到冬天，和这些伙伴们一起冬泳。

上了公路，李山看见甘蓝坐在路边的一棵树下，地上吐着许多葡萄皮。他有些感动，甘蓝等了他这么长时间。他没有告诉甘蓝自己裸泳了，而是说："咱们走吧。"甘蓝问："你不吃颗梨？"李山摇摇头说："到了大学城再吃吧。"

一路上，李山感觉非常有劲，好像游了一次泳洗掉了身上许多看不见的重负。几次不知不觉超过甘蓝好大一截，停下来等她时，李山想，可惜甘蓝是女的，要不俩人一起游泳多好。

到了大学城，靠近河的路边停着几辆警车，一大群人围在岸边。打听了一下，原来是两个在学校里打工的民工去游泳，一个人突然不见了。已经捞了四天，还没有捞到尸体。

李山看着河里打捞尸体的小船，问一个看热闹的人："这里水深吗？"

"大概三五米。"

李山又问："你知道高架桥那儿有多深吗？"

"裸泳那儿？二十多米吧。"

李山想，二十多米打捞起来恐怕更费劲。

李山回去之后，一直没有买跟屁虫。原因有很多，比如手头总是紧张，需要交房租、手机费，与朋友们互相请客吃饭，买书等等。百八十块钱不算个大钱，可他手头总是空不出这点余钱来。一个更深层次的原因是，他虽然喜欢那种无拘无束，可心里总有些胆怯，毕竟他去的话只能是一个人。他害怕万一。

立秋之后，天气一下凉快起来，似乎哪个秋天也没有这年秋天凉得快。人们从热得蒙头蒙脑中醒了过来，各种饭局和活动一下多了起来。李山却像一只需要冬眠的虫子还没有来得及做准备，在各种热闹的聚会中间，他总是感觉到萧瑟、荒凉，迟钝得反应不过来，可是又不得不去。于是李山总是一边想着单位上老也忙不完的麻烦事情，一边想着自己计划写的一大堆东西，脑子里乱哄哄地应付各种场合。他觉得像小时候玩游戏中的木头人，不能说话也不能动，只能看着时间白白地一点点流逝。

有时参加聚会遇到甘蓝，她总是穿着一条膝盖破了洞的牛仔裤，每次总要用双手捧着酒杯对李山说："走一个。"李山想起那次甘蓝陪自己去大学城，就会毫不犹豫地把杯里的酒干掉。这时甘蓝也总是把酒干掉。这让李山心里暖暖的。可甘蓝已经是一位高三学生的母亲，有许多的事情要做。

李山经常怀念那次裸泳。有几次他想去再游一次，可想到还没有买好跟屁虫，便作罢了。事后想想，觉得可惜，为了一件百八十块钱的东西，就把一个愿望扼杀了。可又一想，生活每天不都是这样吗？哪能随心所欲呢？内心深处，他不愿意承认自己的恐惧。

天气越来越凉，白天风也刺骨。李山想今年不大可能去裸泳了，也不能冬泳了，感觉遗憾。他想等到明年，天气一暖，一定。

中秋节前，李山一位在南方的大学当教授的同学老K忽然要来这个城市，参加本地一所大学的百年校庆。同学温正马上张罗饭局。

据说老K现在的能量很大，帮助县里的几个孩子上了他们的大学。李山知道甘蓝的孩子明年要高考，便给她打了电话。

饭局设在大学城的附近。李山想骑山地车过去，又害怕车子放在外面丢了，便早早出发坐了一辆公交车。

到了酒店门口，离预定时间还有半个多小时。李山到包间里看了一下，没有人。他便蹲到水族箱前，看螃蟹、鱼虾这些生活在水中的动物。这时他的手机响了，是甘蓝的。李山接起手机，来到饭店门口。甘蓝竟然是骑山地车来的。风把她的头发吹得有些乱，她化了点淡妆，穿的还是牛仔裤，没有洞。李山叹了口气，他不明白自己为什么要叹气。他帮甘蓝把山地车停好，跑到便利店买了一包烟塞给保安，请他关照自行车。

"没晚吧？"甘蓝问。

李山摇摇头。

到了大厅的镜子前，甘蓝用手理了理头发，人看起来精神了许多。

同学们陆陆续续来了。李山给每一位同学介绍："甘蓝，我朋友。"同学们脸上现出一副见怪不怪的表情，好像他们两个有什么关系。

超过约好的时间十分钟了，老K和张罗饭局的温正还没有到。同学们不耐烦地看着表，乱糟糟地在埋怨。李山看甘蓝，她低着头安静地喝茶。李山打通温正的电话，他说刚从机场接上老K，正在往回赶！

李山想为啥通知人来这么早呢？

包间里更乱了。有几个同学玩起了斗地主。

半个多小时之后，包间门口忽然响起一阵脚步声。每一个同学都站起来，迎接老K同学。甘蓝也跟着站起来。

老K这么多年变化并不大，说话还是带点结巴，还是边说话边眨眼睛。李山一下找到了当初同学的那种亲切感觉，他喊："老K！"

老K正和一个同学握手，转过头来，还没有来得及说话，温正带着开玩笑的口气说："还能叫老K吗？"

李山心里咯噔了一下，改口叫："王教授。"

"叫啥教授？老K多好。好多年没人叫我老K了！"老K过来边和李山握手边说。看见了旁边的甘蓝，结巴地问："这个同学是？"

"甘蓝，我朋友。"李山说。

"美女哦！"温正跟了过来，先和甘蓝握手。

甘蓝的眉毛不易察觉地动了一下，李山看到了。他想温正多少年了和人握手还是这样用劲，仿佛怕人忘了他似的。

坐座位时，甘蓝是唯一一位女士，坐在了老K旁边，李山坐在她下座。温正作为东道主，坐在老K另一边。

起三。

通关。

……

很快包间里热闹了起来。

温正知道甘蓝的孩子明年高考之后，先前对她的热络劲儿马上消失了。他不住地和老K说话，仿佛老K只是他一个人的同学。他回忆当年的一位英语老师一说话就说"是吧"，一节课曾经说了183个"是吧"。这时，李山才想起温正与前妻的儿子明年也高考。

他怕冷落了甘蓝，悄悄陪她说话。

当酒菜吃得差不多时，同学们说起了自己的车。温正的声音高了起来，他说："我的越野车买得有些小了，上周去四川参加户外活动，烧烤架居然没地方放了。"许多同学马上称赞温正的车好。他忽然调转话头问李山："听说你要买车，买的啥牌子的?"

李山问："我什么时候说要买车?"

温正嘿嘿笑了几声，又问甘蓝："美女开的一定是好车!"

甘蓝说："我是骑车来的。"

"骑车好，低碳，环保。我在南方也骑自行车，还参加了当地的自行车俱乐部。"老K忽然说。"你骑的什么车子?"他问甘蓝。

"捷安特。"

"王教授的车一定是宝马、奥迪。"温正说。

老K说："捷安特在大陆的总代理是我的朋友。咱们可以去看看你的车子吗?"接着他用征询的语气问温正："我看大家吃得也差不多了，撤吧?"

温正说："那好，我请大家唱歌。"

马上有同学说得赶快回家，辅导孩子功课，第二天还得上班。

温正说："王教授十多年才回来一次，多不容易。大家都不许走。"

李山说："我不会唱歌。"

"你不会唱歌会买单吧?"

"我去。"李山无可奈何地说。他瞧了甘蓝一眼。甘蓝冲他笑了笑，摇摇头。李山发现甘蓝的眼睛非常明亮。

一行人出了酒店，老K看到甘蓝的捷安特XTC770时眼睛亮了。顺着他的目光，李山看到车轮下有一只黑色的甲虫，向饭店门口爬去。

"得5000吧?"

"3998。我促销时买的。"

"真不错，骑了多远了?"

甘蓝正要打开码表。

温正忽然用手抓住大梁掂了掂，一下把它举了起来。他说："这样的自行车，我能举起十个。"

李山看见两团黑毛从温正的腋窝那儿露出来。那只甲虫还没爬到门口被人一脚踩死了。

他问："你的外套呢?"

温正马上扔下自行车，说："靠，衣服落在酒店了，里面有几千块呢!"他边跑边说："你们等着，一会儿咱们去唱歌!"

他的脚踩过那只甲虫的尸体，向前跑去。

甘蓝掏出自行车钥匙，冲李山点了点头。

老K忽然从甘蓝手里拿过车钥匙说："我骑骑看。"

他熟练地跨上自行车冲进人群，像游进水里的鱼，欢快地往前驶去。开始还能看见他的头顶，后来穿过红绿灯就消失在一片车流中了。

李山喊："老K！"

一架飞机从天上飞过，尾灯一闪一闪的。

李山想明天一定要再去游一次泳，不管水到底是十七八米深，还是二十多米深。要不今年真的就没有机会了。

野
三
坡

　　星期六，小孟很晚才醒来。太阳白花花地洒进屋子，楼下传来很多声音。一只鸽子嘣嘣在窗台外面啄玻璃。小孟抓了一把米，放窗台上，又飞来两三只，在狭小的窗沿上抢起来。

　　小孟慢腾腾收拾好自己，拿上行囊，伸了个懒腰。

　　院子里很多男人在打麻将，女人们哄小孩，老人们锻炼身体。小孟和迎面的几个人微笑着打招呼。出了院子，在街上吃了碗油条老豆腐。到车站，售票窗口还没有开，有稀稀拉拉的人在排队。小孟跟在后面，一会儿，人多起来，小孟买了到北京南的车票，坐在污渍斑斑的椅子上，看一个脚趾甲涂成黑色的女孩。

　　小孟在单位上是一个循规蹈矩、谨小慎微的人，见谁都笑。小孟从不参加同事们之间的应酬，却几乎隔两三个星期就去一次北京。虽然他们县城距北京有千里之遥，但车票仅有二十几元，加上路上的方便面、火腿肠、咸菜，三十元足够，相当于同事们压牌九的一个头子。

　　小孟站在火车车厢的过道处，不时有人过来过去挤一下。自从汽车票加价后，坐火车的人一下多起来。人换来换去，小孟中途找到一个位置。坐下后，惬意许多。窗外风景徐徐掠过，遇到小站，火车停下，又启动，磕磕碰碰，小孟感觉像一个结巴在说话。

　　快到野三坡的时候，上来一大群人，问，去野三坡吗？住宿、吃饭……这时天已发黑，小孟知道下一站是十渡，到了十渡，就进入北京境内。

　　晚上快十点的时候，火车到北京南。今天有些晚点，好多人在骂，小孟不在乎。一出车站，他的精神来了，紧紧背包，朝一个方向走去。每次来北京，小孟都是这样，喜欢乱走一气，累了停下，饿了吃饭，困了找小旅馆住下。

　　来过北京的次数数不清，小孟从来没有去过颐和园、故宫等景点，他舍不得花钱买门票，花钱的景点他一个也不去，也不喜欢那些游人太多的地方。他喜欢坐上公交，没有目的地乱跑，看到一个喜欢的站名就下车，如公主坟、后海等。尽管在公主坟看不到坟，更看不到公主，后海也没有海，可小孟就是喜欢这样。有时，他干脆坐环线车从这个终点站到那个终点站，这样来来往往。或者，一整天在地铁上度过。有时，他也待在一个地方，像三里屯，看北京女孩们雪白精致的脚后跟。

小孟在北京乱转了一天，像以前那样，星期天傍晚的时候，赶到北京南，买回去的车票。车站里乱糟糟的，售票处待着很多拉客的人，一有人过去，他们就呼啦啦围过去。以前这样，小孟都是摇摇头，挤过这些人群，买自己的票。可今天有个大娘一直跟着他，在他身边嗡嗡地说。

小孟不由多看了她几眼。

一位很普通的中年女人，上身是件花半袖衫，下身穿着一条肥大的像绸缎似的光滑的裤子，赤脚，穿着双拖鞋。

她看到小孟看她，把身子贴过来，说："去野三坡吧？住我家，一晚上十元。"

小孟想起每次来的路上，路过那些拉客人去野三坡的人。"野三坡"也是个吸引人的名字。在火车上可以看到，它高高的山，清清的水，水上有划竹排的，街上有骑马的。

小孟捏了下口袋，"下次吧，下次有时间去住你家，明天要上班呢！"

"去吧，给你安排个姑娘，一点儿也不贵。"

小孟看着眼前这位朴素的大娘，和那些妖娆的姑娘怎样也搭不上界。可是大娘满怀热烈的眼光看着他。

小孟有些好奇，问："野三坡能蹦极吗？"

"不能蹦极，但能划船、骑马、爬山。"

"我给你买票去，到时你把钱还我。"

"别。"

大娘已经扭着肥大的屁股买票去了，小孟想走开，但像梦魇住了。

大娘把票交给小孟的时候，他说："我没有多少钱了，野三坡能从卡里取出钱吗？"

"能。"大娘很肯定地说。

小孟接过票，大娘又去招徕别的客人去了。

坐上车，小孟还有些发蒙。他觉得自己要疯了，明天还上班呢。他想或许应该到了野三坡再补票，明天早上赶回去上班。

车上人很多，大多是大学生，一看就是去旅游的。和小孟坐一起的三女两男，分成两对打拖拉机，剩下落单的那个问小孟："也是去野三坡吗？"小孟不由自主点了点头。"和我们一起玩吧，我们自己做饭，省钱。"小孟笑了笑不置可否。

快到野三坡的时候，准备下车的人在收拾行李。小孟犹豫要不要下去。这时那个大娘巫婆一样出现了，她后面还跟着几个年轻人，她对小孟他们招呼说："一会儿下了车你们跟着我，有人问你们住不住，你们就说住下了。"小孟看了看几个正在收拾扑克的人，慢吞吞地站起来。

一下火车，果然很多人围上来。小孟他们像大娘吩咐的那样，跟着大娘杀出重围。大娘清点人数，小孟发现人有时候莫名其妙地就组成了一个团队。

野三坡的大街上灯火通明。马路两边的娱乐场所都装着大玻璃，很多穿着暴露的女子一溜坐在迎街的沙发上，像橱窗里的商品。小孟感觉性的气息扑面而来。街上不时有一对一对的男女走过，热烈地拥抱着。到处都闹哄哄的，不时传来女孩的尖叫和笑声。

小孟他们路过很多洗浴中心、发廊、旅店，到处都是一堆一堆的女孩子们。他们来到山脚下的一个大院。按照需要，人们进了各自的屋子。和小孟一起坐车的那五个人进了一个大屋子，走在最后面的女孩进屋前望了小孟一眼。

小孟进了一个小屋子，一种孤独感浪潮一样涌上来。他把东西放床上，想洗把脸，出去转转，发现没有暖壶。正要叫老板，刚才那个大娘进来了。

"给你找个姑娘吧?"

小孟忙摇头，大娘神秘地笑了一下，"有很漂亮的姑娘，陪陪你很好。"大娘朴素的面孔露出恳切的神情。

小孟说："给我找点水，洗洗脸。"

"好，好。"大娘边说边转身，马上又夸张地尖叫起来，"你看，你看。把她叫进来你瞧瞧。"

顺着大娘的手指，小孟看见一个非常漂亮的年轻姑娘从一个屋子里出来，正要走，看见大娘招手，向他这边走过来。小孟的心有些慌乱。

姑娘进来站在屋子中间，很年轻，很漂亮。

大娘说："就让她陪你。"

姑娘过来坐在小孟旁边，大娘拉上门。小孟的心跳加速起来，他看姑娘，姑娘也看他。小孟问："你真的做这个?"姑娘点了点头，把手放在小孟的大腿上，小孟的大腿痒痒的。他摸了摸姑娘的手，又软又绵。

小孟站起来，说："我想出去转转，你能陪我吗?"

姑娘点点头。

他们来到街上，比刚才更热闹了，到处是灯光和歌声。小孟和大多数单身的男人一样，身边有了个漂亮的姑娘。他拉拉姑娘的手，姑娘挽住他的胳膊。

"咱们先找个银行，我取点钱，带的不多。"

他们和一拨又一拨的人相遇，又分开，走过水面泛着黑光的河岸和每一条街道，小孟发现野三坡只有一个邮政储蓄所和信用社，根本没有他需要的银行。

在一处烧烤摊前停住，小孟说："吃点什么吧？"姑娘跟着他坐下。小孟点了一大堆羊肉串，要了两瓶啤酒，分给姑娘一瓶。姑娘说还想要别的，小孟让她自己点。姑娘又点了一大堆别的吃的。小孟说："吃了羊肉串你走吧，给你五十元，银行里取不出钱。"姑娘的脸埋在灯光的阴影里，看不清楚。小孟希望姑娘把又软又绵的手再放在自己的大腿上，说点什么。姑娘咕嘟咕嘟喝了一大口酒，说："那你得见见我们的老板。"小孟把手伸出去，捏了捏姑娘的手，姑娘马上甩开。小孟感觉很无趣，想赶紧喝完啤酒去找那个巫婆一样的女人。可是，一瓶啤酒怎样也喝不完，肚子已经觉得撑得放不下了。桌上还剩好多吃的。

小孟把剩下的啤酒扔桌上，说："走吧？"姑娘站起来，嘴上还油光发亮地啃着一个肉串。她拎起桌上她喝的那瓶啤酒，吩咐老板把剩下的东西打包。

回的路上，小孟在前，姑娘在后，手里还拎着个酒瓶。夜晚像所罗门的瓶子一样释放出更多的魔鬼，音乐的声音仿佛更大了。看着那些偎依在男人身边的姑娘，小孟觉得像蛇一样。

见了老板娘，小孟先发脾气，"你说卡里能取出钱，我才敢来，来了鬼地方连个银行也没有，你叫我来干什么？"

大娘还是那副朴素的面孔，但她的身体又肥又壮，像发酵了馒头。小孟看着身边娇小玲珑的姑娘，想，她用不了几年，也要长成这样，到时，让人们白干也不干。

大娘问："你们做过吗？"

小孟摇头，姑娘也摇头。

大娘说："你还有多少钱？"

小孟把口袋里的钱都掏出来，把口袋也翻出来了。

大娘从那把钱里取出唯一一张一百的，瞄了瞄剩下的零钞，又拿出一张十元的，说："大的给姑娘，小的是店钱。剩下的你够回家吧？要是没钱，明天早上可以在这儿白吃饭，玉米糊糊、馒头管饱。"小孟后悔刚才请姑娘吃烧烤，花了七十多元。

大娘领着姑娘走了，屋子里比刚进来的时候还冷清。

小孟在床上躺了会儿，睡不着。又出来，沿着街道漫无目的地走，看到一家奇石店，进去发觉有很多自己喜欢的石头，问了问价钱，一块也买不起。出了奇石店，看到河滩上有篝火晚会。一大群人伴着音乐，手拉手围着一个树枝烧的火堆转圈。他们都穿着一家公司统一的T恤，有很多姑娘，但没有一个像刚才那个那样漂亮的。小孟叹了口气，躲在一个阴影里，看这些快乐的人。直到篝火晚会结束，小孟才回去。

路过一家网吧的时候，他走进去。里面玩的都是些小孩，小孟觉得没意思。回了那个大院子，月亮正悬在头顶，小孟想，大概十五了。一群人吵吵嚷嚷回来，是和小孟一起投宿的那五个人，他们好像去一个什么苗家山寨，看人妖。他们进进出出，冲凉，大声说笑，很晚才安静下来。

月光透过窗户照进来，院子里很安静，可是小孟听见每个房间都在呻吟，月亮也在呻吟。夜很晚了，小孟还能听到这种声音此起彼伏，然后他闻到一股股浓郁的精液的味道。

第二天，小孟一起来，就给单位上的领导打电话，说今天不舒服，请一天假。他收拾好东西离开这个院子的时候，那五个人果然在自己做饭。昨天望了他一眼的那个女孩请他一起吃饭，他微笑着谢绝了。女孩说："我们上午去百里峡，你去吗？"小孟仔细看了看这个女孩，想她是个好女孩。那个大娘也站在院子里，吃着个大饼子，招手让小孟吃。小孟摇摇头。大娘大声地对小孟说："下次多带点钱，好好玩。"小孟觉得有些窘迫，低下头，他想那个女孩可能听到了。

离火车来的时间还早，小孟在一个小摊上吃了早点。晚上喧哗的街道在白天安静了许多，好多人骑着马往山上跑。小孟想起自己在坝上草原第一次骑马，挑了匹最快的，那种速度，感觉真好。他不知道自己为什么总喜欢刺激，要是昨天去十渡可能就好了，那儿应该有银行，可以去蹦极。

在去火车站的路上，小孟看见人们划竹排的地方，只是一段河湾用坝堵起来，水一点也不深，和自己想的一点也不一样。河滩里有几个小孩在玩。小孟走过去，发现一湾一湾的水潭，里面有很漂亮的石头，那些小孩挑些薄的，串水花。小孟捞些自己喜欢的，放背包里。那些小孩看见这个奇怪的人，都围过来，然后下水捞起石头让小孟看。小孟掏出五元钱，让一个小孩买些雪糕，小孩接过钱雀跃着去了。一会儿，每一个小孩和小孟嘴里都咬着一根雪糕，他们边摸石头，边兴奋地问小孟一些问题。一个胆大的小孩说："下次你来住我家，我们家有很多房子，好多人去住。"小孟的背包很快装满了，他直起腰来，沉得要命。

离开河滩的时候，那个小孩还说："咱们是朋友了，下次来一定住我家啊。我家就住在——他用手指了一下。"

背包确实很沉，每次小孟停下来重弄一下的时候，几乎都有人上来问："住店吗？给你找个很漂亮的姑娘。"

买好票在候车室等车时，那个大娘也在，正准备接新一班客人。她朝小孟很豪爽地挥手打招呼："下次一定要来！"

小孟摸摸口袋，还有两元钱，买了一个山核桃做的手链。往手上戴的时候，一下把线绷断了。小孟去拾那些在地上乱蹦的山核桃，火车过来了，他看到很多人朝火车涌去。

开馆日

　　"'印度的世界——美国洛杉矶郡艺术博物馆馆藏印度文物精品展'在山西博物院开展，127件（组）从公元2世纪到20世纪初的印度文物亮相太原。"

　　朱青星期六中午去钢琴班接孩子时，在阅报栏看到这段新闻，已经开展二十多天。朱青想起上次参观博物院，儿子看到网络上红极一时的商代青铜器鸮卣"愤怒的小鸟"时，又惊又喜的样子；妻子流连在徐悲鸿临摹的敦煌壁画前，在心里一笔一画模仿，不愿意离开。这次印度的世界主题展，让他陷入了美好的遐想。

　　星期天吃完早饭，朱青说，咱们今天看印度展去吧？

埋头在书本中的儿子说，我要写作业，你和妈妈去吧。不过下午要带我去二龙山下的汾河公园玩。

刘雅说，好。却开始洗一堆衣服。

朱青望着升得越来越高的太阳，觉得屋子里热起来。他说，你们不去，我一个人去了。

刘雅说，等等我。她在拧那堆洗完的湿衣服。

他们出门之前，又问儿子。儿子坚决不去，说上午一定要把作业写完。儿子让朱青帮他拍几张照片。刘雅把自己的手机留给儿子，和朱青出了门。

一出门，凉风扑面吹来，屋里那种闷热感没有了。朱青感觉还是出来玩好。这时收破烂的人骑着三轮车进了小区的巷子。朱青和刘雅走到铁门前时，三轮车也迎面驶来。三轮车上面扔着几个废纸箱，两台二十英寸的旧电视和一台八成新的风扇。朱青没有给三轮车让路，继续往前走，他认为收破烂的人应该让他们先过去。刘雅却贴着墙角等三轮车过去。收破烂的人没有停住等他们过去的意思，他歪歪扭扭蹬着车子，朝刘雅那边走去，然后车把一歪，和车厢组成三角形的栅栏，把刘雅堵在墙角。

朱青冲收破烂的喊，你怎么骑车的？

收破烂的把车把朝外转了转，刘雅跑出来。收破烂的扭过头看了看朱青，然后目光顺着刘雅的脚往上溜。朱青的目光也顺着收破烂的目光溜过去，看见刘雅赤脚穿着凉鞋，涂着金色指甲油的五个脚趾头闪着光。他往前走了一步，挡住收破烂的目光。收破烂的抬起头，用阴沉的目光毫不在乎地扫了朱青一眼，蹬着三轮车进了他们那排楼。

朱青心里发闷，举起手中的矿泉水，咕咚喝了几大口，把剩下带水的瓶子狠狠摔在地上，踩了几脚，又拾起来。他想起待在家里的儿子，打通刘雅留下的电话，儿子说他正在写作业。朱青说谁敲门你也不要开。

到了公交车站前，朱青把那个沾着鞋印的瓶子扔进垃圾桶，才仿佛出了口气。等了半天公交车，过来的都是去别处的。好不容易来了辆845，站台上剩下的人几乎都是乘这路车的，人们呼地向前涌去。朱青看见车里面的吊环上面挂满了手臂，白皙的、布满青筋的、长满黑毛的，一个个像将要下锅的火腿。他犹豫了一下，和刘雅最后上了车。

到了省博物院北门这站，好多人都下车，朱青奇怪今天去博物院参观的人怎么会这么多。以前他去的时候，都是稀稀拉拉的没有多少人。

拐过十字路口，朱青更加吃惊。从博物院那高大的"鼎"形建筑一直到这边马路，足足有一千米距离的宽阔的马路两边停满了车。他想见鬼了，这么多车！

继续往前走，路过便利店的时候，朱青听见里面正在搞促销，绿茶买两瓶送一瓶，他想是不是该买点饮料，但一想进展厅过安检的时候，饮料都得存起来，便没有去买。

朱青、刘雅和刚才一起下车的人往前走，朱青想赶在他们前面进博物院，步子快了些。刘雅跟在他后面，十个金色的脚趾头像圈在笼子里的两群小鸡。又过了一个十字路口，眼前出现了博物院前长长的队伍，足有几百人。朱青有些眩晕。马路的另一边，博物院右前方有个椭圆形建筑，前面也围着一大群人。朱青想，今天到底怎么回事？

朱青和刘雅到了那排长长的队伍后面，他看了看表，九点四十五。他想刘雅要是不洗衣服，早点来的话，或许这里没有这么多人。

他们随着队伍缓缓往前走了几步，刘雅忽然问，不知道没有身份证让不让进？我没有带身份证。

朱青疑惑地回答，我也没带，以前让呢，今天这么多人，不知道。

排在他们后边的穿着花裤子的女人说，没有身份证不让进。

朱青说，我去前边看看。

他到了领票的窗口，看见人们并不需要身份证就能领上票，放心了。等他回来时，刘雅正在旁边的树荫下乘凉，刚才排在他们后边的好几个人排在了前面。朱青心里怪刘雅没有排在队里面等他，但他不想把这次参观搞得不愉快，便努力露出笑脸说，不需要身份证。

刘雅问，不需要？

朱青说，不需要。

但刘雅一问，又让他疑惑起来，他想自己刚才看见是不要的。

他们排在先前在他们后面的人后面，随着队伍缓缓往前移动。

忽然队伍停住了。人们伸长脖子往前望，不知道发生了什么事情。怎么看展览的人也这么多了？朱青既像自言自语，又像问刘雅。

后面的女人说，今天旁边的地质博物馆开馆，许多人带着孩子来看恐龙，因为人太多，排不上队的就来这边了。

朱青望了望旁边的那个椭圆形建筑，想它就是地质博物馆，自己怎么就不知道今天它开馆呢？知道的话，下周来看印度的世界也可以呀。但是今天既然来了，也只能等，只是朱青不明白这么多人排队，为什么不赶紧把人放进去。

后面的那个女人带着遗憾的口气说，这次地质博物馆展出的恐龙是世界上所有恐龙的"祖先"，全球只发现了这么一具。

世界上所有恐龙的"祖先"？朱青默默重复了一遍，脸上露出嘲讽的笑容。

有人也和朱青有同样的疑问，去前边探问。原来每隔半小时发一次票，每次只发一百张。

朱青看看表，十点零七。他感觉有些热，用手搭起"凉棚"朝天上望去，灰白的太阳像融化着的镍币，发出惨白的光。朱青想看恐龙的人为什么要来这儿看文物呢？

前面一个小孩喝完酸奶，啪地随手把纸盒子扔地上。牵着她的女人仿佛没有看见，往前挪了挪，那个盒子就跑在了别人脚边，好像别人扔下的。小孩鼻子一耸一耸，嘴唇上有道发黄的鼻涕。朱青想她们一定是原来要去看恐龙的。他故意有些大声地对刘雅说，看那个孩子鼻涕快流到嘴里了。刘雅捅了他一指头，朱青装作没反应。一个三十多岁的人只顾昂着头和旁边的人说话，一脚踩在那个盒子上，里面的奶溅出来，溅到刘雅腿上。朱青盯着刘雅的腿，想起刚才收破烂的人阴沉的目光，他摸了摸装在口袋里的手机，没有半点动静。朱青想儿子大概已经写完作业，在玩电脑了。

太阳还是灰白，气温却越来越高。几个老头互相开着玩笑，让年龄最大的两个躲在马路牙子的树荫那儿凉快去了。朱青不知道他们是来看文物的，还是看恐龙的，他甚至判断不出他们是什么身份。他们每个人看起来都灰扑扑的，但绝对不像农民，也不像下岗工人。又有几家人忍不住，留下一个人排队，其他人躲到树荫里去了。前面空出一截地方，朱青往前紧走几步，对刘雅说，你也去歇歇吧，我来排队。他又看看表，过去十几分钟了。

时间仿佛凝滞了，那块镍币越来越大。终于队伍又动了，刘雅进来排上队，那两个年龄大的老头也进来，树荫下的人都进来。队伍往前移了会儿，又不动了。一个老头跑到前面，很快回来说，发完一百张票了，还得等半小时。朱青往前边看了看，想再发一百张票能不能轮上自己。他想要是轮不上，就不排了。他朝后面看了一下，后边的队伍更长，朱青想到这么多人和自己一起等，心里舒服了些。后面有位十三四岁的少年跑出来，从头开始一个一个去数前面的人，数到朱青的时候，八十六。朱青想能轮上了。

天气越来越热，柏油马路像要融化了，踩在上面软绵绵的。朱青想两亿年前，大概就是比这也热的天气，气候和地质忽然发生变化，庞大的恐龙遭受了灭顶之灾，被埋在地下，又过了很多很多年，变成了化石。他想假如现在气候和地质也突然发生变化，人类是不是许多年之后也会变成化石，被若干年后的生物参观？

又有人去树荫里了，刘雅也去了，但树荫越来越小，只有走到树跟前，才能享受到那个绿色帐篷的庇护，所以那些躲在树下的人越走越近，但因为彼此之间年龄、相貌、衣着大不一样，像树长出了各种各样的霉菌。朱青听见秒针一圈圈转，他眼前又出现那个卖破烂的人阴沉的目光，那个家伙正在挨家挨户敲门问，有破烂卖吗？朱青给儿子打电话，没人接。朱青有些担心，给自己找理由，儿子是不是在打游戏，听不到电话铃声，或许儿子过会儿看到有未接电话，会回过来。

朱青擦了擦额头的汗珠，感觉内衣全湿透了，紧紧贴在身上。他想早知道排这么长时间的队，应该买点饮料。

这时刘雅说，我去买瓶水。

朱青看看表，半个小时快到了。他说，别去买了，马上就到时间了。

刘雅说，到了你帮我领上票，在门口等一下。

朱青想说不知道让不让别人代领。但他什么也没有说。卖水的地方那么远，他不知道刘雅多长时间能回来。

队伍又向前移动了，有几个家伙给在地质博物馆前排队的人打电话，我在这边排上队了，你们那边进不去的话，来这边吧！很快来了几个年轻男女，领着小孩，站到了打电话的人旁边。朱青想说不能插队，但他想到刘雅也是让他代领票，就没有吭声。刚才那个数人数的少年又跑出来，数排在他们前边的人。朱青有些难受，他想这次轮不上他们，马上就回家。快轮到朱青的时候，刘雅还没有回来。朱青看到前面那几个人领票时，发票的工作人员说，小孩不需要拿票，几个大人领上票带着小孩进去了。轮到朱青时，他说两张。发票的人什么也没有问，给了他两张票。朱青松口气。刘雅还没有回来，朱青走到大门另一边等她。一个穿灰绿色衣服的保安站在遮阳伞下，朝他看，朱青往离伞远的地方挪了挪，感觉太阳更加炽热。

排在朱青后面的人一拨一拨领上票进了大门，他想现在发的票肯定超过一百张了。这时忽然停止发票了，朱青发现队伍好像还是那么长。

那些进了门的人爬上展厅前面高高的台阶，开始朱青还能看见他们的屁股，一转弯，就什么也看不到了。朱青想他们大概已经进了展厅。还在排队的人们焦虑地舔着嘴唇，太阳越来越大，仿佛要压到他们头顶上。

刘雅从队伍末端那儿走过来，老远看见站在门口的朱青，招了下手。朱青把手中的门票朝刘雅挥了挥。刘雅手里空着，没有水，随身带的包也看不见沉甸甸鼓起来的样子。朱青知道刘雅没有买上水，毕竟卖水的地方离这儿有段距离。但刘雅走到门口的时候，朱青还是忍不住问，没买上水？刘雅说，没。朱青后悔刚出门时把瓶水摔了。

两人进门，爬台阶，往左转，到了正门时，进展厅的门口又是一群人在排队。朱青想中国的人真多啊！肯定是展厅里进去的人太多，放不下了。他快步走了几下，抢在另外几个刚从台阶那边转过来的人前面，很快他身后又出现一长排人。所幸，这次排队的时间不太长。

进了展厅，带水的人在保安的指挥下去存水，朱青和刘雅直接通过安检，终于进了大厅。朱青说，我就知道带水进来的时候比较麻烦。刘雅什么也没有说。

大厅里到处是人，所有人的声音混在一起，像一群苍蝇在嗡嗡叫。从中空的天井往上看，二层、三层、四层的椭圆形楼道里也都是人。朱青看看表，十一点半了。他想起家里的儿子，对刘雅说，咱们要是走散的话，十二点半在大厅门口集合。刘雅说，我没有带手机。朱青说，没带可以借别人的啊。

他们一进印度的世界展厅，马上进入一个奇异的世界。里面布满了石雕、砖雕、铜造、鎏金和水粉绘画等各种材料做成的佛像和神魔、动物，那些佛像有的肩膀上趴着两个神兽，有的做着瑜伽一样的高难度动作，有的头上长出个象鼻子……每个造型都生动自然，匠心独运，不像中土的佛像衣带飘飘，面目一致地端庄，而且它们大多着装非常少，露着饱满的乳房。朱青心里由衷地赞叹这些艺术品，想到印度从古时候起就一定非常热，印度，那是多么遥远的地方。

好多小孩拿着博物院发的有奖答题卡，爸爸妈妈们与他们挤在佛像前，嗡嗡议论着从旁边的介绍上寻找答案，找到一个，填好之后，马上扑到下一尊佛像前去寻另一个答案，然后又有一拨新进来的家长和小孩把佛像围住。朱青看着这些人群，想起那些在名山大川的寺庙里摩肩擦背的香客。他想假如自己也带着儿子来，肯定和这些家长一样，加入到寻答案的无聊游戏之中，不由又有些庆幸。忽然朱青看见一尊扭着身子的佛像腋下流出些液体，散发出他从来没有闻过的奇异香味，从腋下流到胳膊肘子那儿，然后露珠一样挂住不动了。朱青意识到这不是水，是佛像的汗。朱青盯着这滴汗珠，等它掉下来，他想这滴来自洛杉矶，不来自古印度的佛像上的汗珠对人一定有奇异的作用。可是这滴汗珠挂在那儿不动了。朱青伸出手，被一层玻璃隔开了。他望着那层玻璃做的隔断盒子，想肯定还有红外线或者其他什么保护措施。这时，一群孩子和家长围住这尊佛像。他们过去之后，朱青发现那滴汗珠不见了。他下意识地朝地上望去，地板在灯光下散发着橘皮一样的光，没有丝毫落下汗珠的痕迹。

接下来，朱青像着了魔似的，一尊一尊仔细地寻找佛像身上流出的汗珠。他在一拨人刚走，另一拨人还没有来之前，抢先挤到佛像前，然后他马上被大人和小孩说话的声音淹没。朱青没有再发现另外一滴汗珠，但他真切地闻到空气中还弥漫着那种特有的淡淡的香味。

出了印度的世界展厅之后，朱青看看表，已经一点钟。他想该死，忘记时间了，刘雅一定等急了。但他一转身，看见刘雅跟在身后。

朱青问，你刚才看到那尊扭着身子的佛像出汗了吗？

刘雅瞪大眼睛望着他，摇了摇头。

朱青说，咱们不去别的展厅了吧？儿子一定饿了，赶紧回吧。

出了展厅，站在博物院高高的台阶上，朱青看见地质博物馆门口坐着三个中年人，那个女的脱了高跟鞋，把脚用力朝前伸着，舒展脚尖，两个男人一左一右坐在她旁边，把脸凑向她说着什么。门口再没有其他人。博物院这边，门口也冷冷清清的，只有保安孤零零地站在遮阳伞下，像站了一千年。朱青和刘雅下了台阶，走到保安跟前时，朱青看见他肩膀上有一大片被汗浸湿的地方。

往公交车站走的时候，朱青说，要是儿子和咱们一起出来，在外边吃点东西就可以了。

刘雅说，刚才我去买水，走了半天也没有看到卖水的，怕你着急，赶紧回来了。

朱青看见马路牙子两面的路边停着许多三轮车，上面堆满了旧电视、烂洗衣机、完好无损但款式陈旧的各种家具，还有啤酒瓶、轮滑鞋、书、报纸、风筝等等乱七八糟的东西。收破烂的人躺在路牙子边的花栏墙上，有的人身下垫着几张报纸，有的人垫着一块纸板箱，有的什么也没有。他们姿态各异地躺着，让朱青想起印度的世界里的那些佛像。

吃过午饭之后已经两点半多了，儿子说，你们中午不要睡过头，下午还要去汾河公园。

朱青和刘雅没有睡午觉，简单收拾一下，三点钟与儿子准时出发。

公交车经过胜利桥时，朱青看见往日宽阔的河面河水降下去许多，露出一块块龟裂的地面，几个不大的水洼闪着混浊的光。朱青不知道发生什么事了，汾河怎么没水了？他想他们要去的是二龙山那儿，作为太原境内汾河的上游，它应该不会这样吧？

两个多月前，朱青他们去爬二龙山的时候，看见汾河非常壮观，水流白龙一样翻滚着从山间冲向下游，像极了他小时候见过的那些奔腾不息有生命的河流。许多人在河边扎帐篷，烧烤，唱歌，放风筝。当时他就觉得下游的那些河段，尽管风景优美，但都被圈在橡胶坝里面，像关在笼子里的狮子，没有一点脾气。

他们坐着公交车一路向北。朱青透过滨河路边一丛丛的绿树和鲜花，看到汾河上面许多地方在施工，河流被截成一段一段的，有的地方架起了桥梁，有的地方高大的塔吊正在运送东西，也有的地方还有一截水流。这些有水的地方，路边都停放着车辆，河滩上架着花花绿绿的帐篷，有钓鱼的，有大人牵着小孩散步的。朱青想象着汾河上游的"浩瀚"水面，他为他们前两个多月发现了这个地方高兴。

车到终点站，朱青一家三口下车往左拐，走上一条幽静的小路，路边，高大的树丛中间不时传来清幽的鸟叫，使他们感觉终于从都市中解脱出来。然而他们前面被一块刷着油漆的牌子挡住，上面写着"军事禁地"，旁边还挂着一个广告牌，是真人射击游戏。朱青记得上次走到这儿时，有位姑娘告诉他再往前走两三分钟，就会看到汾河，确实也是。没想到现在变成游戏场了。他压住心中的诧异，与刘雅和儿子沿着公路往前走。鸟的叫声还在两边的树上缭绕，让他觉得这个地方还是挺好的。沿路几个骑摩托的人在他们旁边停住，问租不租烧烤用的东西。黄色的尘土扑满了他们的面容，干裂的嘴唇上有几颗白牙闪动。朱青摇摇头，看见四五个大学生拿着烧烤架在落满灰尘的树叶和庄稼中寻找地方。有些人已经支好架子，开始烧烤。缕缕青烟在半下午的太阳下显得非常清晰，朱青似乎能看到这些年轻人脸上冒出的油脂。他感觉胃里很撑。

窦大夫祠进入他们的视线。上次就看见过这个景点的指示牌，但没有进去。朱青他们在保安的指点下，从敞开的侧门进了祠堂。边上一座耳房显然是卖门票的地方，旁边还有"门票二十元"的字样，但里面没有工作人员。门口有几个人坐着，见朱青他们进来，继续坐着。朱青不知道他们是工作人员，还是休息乘凉的，犹豫着走进去，没有人朝他们索要门票。

这座修建于唐代，为祀奉春秋时晋国大夫窦犨而修建的祠庙，正在施工修缮，但因为游客少，反而显得非常幽静。朱青想着孔子巡游时到了晋国，听到窦犨去世扭头就回的故事，听着一家三口人空空的脚步在厅廊里回荡，觉得好像一脚踏进历史里。儿子没有耐性，急着要去玩水，朱青他们转了一圈，匆匆拍了几张照片便出来。

在门口遇到那个保安，冲朱青他们点头笑了笑。朱青想用不了多久，这个地方就会完成修葺，变成真正的景点，它会打开正门，工作人员坐在售票厅里，认真地卖门票。然后游客们会多起来。他忽然觉得有些遗憾，他更喜欢祠堂现在这种寂寞、落魄的样子。

朱青他们出了祠堂，走几步来到汾河转弯处，没想到河流完全干涸了，露出铺满石子的河床，像巨人瘦巴巴的肋骨。两个多月前，他在背后的二龙山上看这里，汾河还激流汹涌，那么多的人在河边娱乐休闲，隔着山谷，他都能感觉到下边潮湿的水汽。现在干巴巴的河床里看不到人，一个旋风从河床飞起，像缕青烟，朱青有种沧海桑田的感觉。

他循着一条小路，领着刘雅和儿子到了河边。河里没有一滴水，白色的鹅卵石上面落着灰扑扑的尘土，岸边隔段地方就有烧烤时木炭烧过的灰烬。

朱青走进河床，隔着鞋底仍然感觉鹅卵石很烫。他走了很久，希望在卵石中间找到条死鱼、死虾的尸体，好相信两个月前这里是片大水。可是朱青失望了，布满卵石的河床找不到丝毫动物生存过的迹象。在一丛还有绿意的柳树前，朱青停下来，以前它们是长在沙洲上的，郁郁葱葱。现在根部完全裸露出来，暴晒在炽热的太阳下，像喝醉酒似的东倒西歪。毫无疑问，过不了几天，它们就会啪嚓倒下。

儿子被太阳晒得有些发蔫，他晕头晕脑地站起来说，我不喜欢这里。

朱青他们上了岸，沿着那条绿得让人感觉发虚的小径往前走，不断有烧烤的痕迹。有棵大树下放着几块围成圈的砖头，每块砖头上面包着块破烂的塑料布，一个生日蛋糕上的皇冠白得像一块骨头碴子，朱青走上去，听见它破碎的声音。

赶紧走吧！儿子说。

头顶的铁丝护栏外面传来阵阵流行音乐和卖烧烤的吆喝声，让人感觉熟悉的那个世界就在身边，可是河床里静得像另外一个世界。朱青领着刘雅和儿子顺着小道往前走，他觉得前面一定有个豁口可以出去。

爬过一个小坡之后，远处忽然出现一个水洼，许多人围在那儿玩。水！三个人同时有些惊喜地喊。

三个人忘了身边的寂静，快步朝水洼走去。到了近处，朱青发觉这是河床里困下来的一摊死水，大概有两个篮球场那么大，水的颜色有些发黑，上面漂着绿色的浮萍。但是那么多人在水洼这儿玩。两对年轻夫妇领着一男一女两个小孩在放风筝，几个老头子坐在马扎上钓鱼，还有几个人抄着渔网捞水里的东西，有几个人在拍照。其中有一个人裸着白花花的上半身，在水里面游泳。

儿子喊水，首先把手伸进去。

朱青发现水里有只虾米。这种虾小时候他们那儿河里多的是，筛子一搭下去捞起来就是半筛子，回去洗干净，锅里倒点油，把虾放进去，扒拉几下马上变成鲜红色，吃到嘴里又香又脆。上星期，儿子在花鸟虫鱼市场买了两只鳌虾，一红一蓝，儿子给它们起名字，一只叫"红星"，一只叫"深蓝"。卖虾的说，如果用自来水养，必须把水先放两天，也可以用矿泉水或纯净水养。朱青买了瓶矿泉水，找到以前插花的大瓶子，把虾放进去，还放了两块从黄河里捡来的石头，搭配上卖家给的水草，挺漂亮的。可是第二天起来，两只虾都死了，儿子非常伤心。

想到这里，朱青看看儿子，小心地把手伸到水里，慢慢把那只虾围到岸边，然后猛地把它捧起来。儿子看到虾高兴极了，大声喊爸爸真棒！刘雅帮着捡了个空塑料瓶，灌好水，朱青把虾放进去，它看起来活泼得很。

儿子一边玩这只虾，一边玩水。

黄昏的时候，人们开始收拾东西，准备回家。儿子仍然不愿意离开。朱青百无聊赖地在水边转悠着等儿子，刘雅坐在石头上玩手机。忽然朱青在一处岬角看见许多翻着白色肚皮的死鱼和蜷着身子的死虾，然后他发现水面幽暗下来，水中的污泥发出一阵阵恶臭，让他想吐。

朱青喊儿子，回吧！

儿子先是不吭声。他又喊时，儿子说，水里还有人。

朱青顺着儿子的目光看见一个白胖的身子在水里漂浮，半下午他们来的时候，这个人就在水里面。

朱青心里有了种莫名的惊恐，他仿佛看见死亡的影子从那个人身上蔓延到越来越黑的水面上。他说，把虾放了吧！儿子问，为什么？朱青说，拿回去咱们养不活。儿子想了想，把瓶里的水连虾倒在水洼里。那个正在看爸爸收拾风筝的小女孩忽然说，哥哥你不要为什么不给了我？朱青看见那只虾到了水里面并没有马上游走，而是昏了头似的落在水底的卵石上不动。朱青不知道怎么回事，不忍再下手把这只虾捞回来。他对女孩说，你想要让你爸爸来捞吧。女孩喊爸爸。一个比朱青年轻些的男人过来，另一个小男孩也跟着跑过来。男人轻轻把两只手伸到水里，迅速一合，虾被捉住了。男人把虾放到瓶子里，朱青感觉死亡的气息被带到了那个瓶子里。男人伸出手，到水里洗沾上的淤泥，朱青闻到一股臭味。这时那个小男孩突然哭起来，指着女孩手里的虾喊，我也要！

朱青望了望面前的这个男人，指指水里那个白色的身体。

男人看了一眼，脸色马上变得发白。

他们两个交换了一下眼神，然后不约而同从地上拾起块卵石，用劲朝那个身体附近扔去。

一个愤怒的声音突然从幽暗的水面上传来。

操！

小男孩不哭了。男人一手牵着小女孩，一手牵着小男孩，招呼那两个女人赶快走。

朱青也招呼刘雅和儿子赶紧走。

爬上河堤时，朱青看见河床上空荡荡的，刚才水边的那些人都不见了，包括那两对年轻夫妇和他们的孩子，只有一洼幽暗的水，像一只将要闭上的眼睛。一个肥胖的男人从水洼里爬上对面的岸，他的身体变得越来越小。

铁丝网外面的音乐和吆喝声越来越清晰，朱青、刘雅和儿子顺着石砌的台阶爬到公路上，一群老人坐在树荫下的木头椅子上聊天，几对情侣在吃烧烤，有位头发雪白的老太太拿着一条瘪瘪的编织袋，把手伸进垃圾箱里掏东西，她的身子倾得那么厉害，仿佛要把雪白的头也钻进垃圾箱里。

朱青想，今天是地质博物馆开馆日！

遍
地
太
阳

1

　　走新疆之前，龙啸去了趟五台山。五台山是中国四大佛教名山之首，文殊菩萨的道场，还被列入世界文化景观遗产名录，但龙啸去既不是为拜佛，也不是为旅游，只是觉得这样做心里踏实些。

　　那年夏天乌鲁木齐发生的事，龙啸也曾坐在电视旁，趴在电脑前关注过，很为那里的人揪心。后来，龙啸每次听到新疆的消息，几乎总是和那有关，但毕竟相隔遥远，距他家乡三千多公里，坐快车得三十多个小时，乘飞机也将近四个钟头，感觉纯粹是两个世界。偶尔想吃羊肉串，就专门找那些高鼻深目的汉子，他们烤出的羊肉串，比自己本地的要地道得多。接送孩子的时候，路过食品街那家新疆人开的餐厅，里面欢快的音乐让他常想跟着手舞足蹈，每次总是停下来买两个馕。他从来没有想过要去新疆讨生活。那时，他们厂子已经走上下坡路，生产的铝制品不断积压，一家子公司被卖掉，开发了房地产。但总厂在龙城最繁华的柳巷建起当时山西最好的影视城，说要转型发展。许多人相信高管的话，认为公司真的在转型。谁也不会想到厂子溃坝一样，说不行就不行了。

重新走向社会，龙啸两眼一抹黑，惊诧地发现自己居然什么都不会。他像一条鱼，哪怕水变得很浑浊，甚至散发着恶臭，也能习惯性地张开口随时喝上几口。现在被抛上岸，只能徒劳地拍打着尾巴，眼睁睁地大口喘气。

那段时间，他抑郁极了，不想出门，害怕邻居们问起他为啥不上班。就是买袋盐，也偷偷摸摸等人少的时候去。即使这样，到了街上，听到汽车喇叭、工地机器、流行歌曲这些乱七八糟的声音就耳鸣。只要有人一喊人的名字，就以为是喊他，紧张地打个哆嗦。回了家，耳鸣会一直持续，好像厂子里多年停止运转的机器在他脑子里重新启动。他变得易烦易躁，一丁点儿小事控制不住就生气。楼上邻居生了小孩，亲戚朋友来探望，他嫌吵闹。孩子半夜里哭，他被吵醒再睡不着。照顾孩子的婆婆挪动椅子，掉个东西，他也生气。上楼吵了几回，不管用，他便一听到楼上有声音就打110。警察来了几回，看他的眼神越来越奇怪。后来，再打电话，警察就不来了。

一天，妻子送孩子上学时，被电动自行车撞断胳膊，龙啸不得已开始每天接送孩子，买菜，做饭。那段时间，他拼命从报纸、网络上搜寻工作，可是学历、年龄、工作经验等一条条卡下来，居然没有一个适合他的。龙啸没想到，自己才40岁，就被社会狠狠甩在了一边，当初他在县里可是高考状元，读的也是名牌大学。

为了生活，龙啸当起了快递员。每天起早摸黑，很是辛苦，很是累，晚上做梦都在背着石头上山，但到月底，拿到四千多元，是在厂子里的两倍。龙啸快乐了没多久，骑着三轮摩托车送货时便像梦游一样，看见无数的高楼水草一样拼命从水底往天空钻，汽车像庞大的鲨鱼，人被挤压得在各种缝隙里仓皇躲藏。他想起小时候去河里摸鱼，那些小鱼躲在岸边的水草里或石头下，被他狠命地掏出来。他感觉自己就是那些鱼，逃啊，躲啊，那一幢幢写着门牌号的楼层陷阱一样让他害怕。他常常停在单元门口，打了电话，不等户主出来，就匆匆逃掉。接到几次投诉之后，龙啸拉着一车东西直接进了公安局，打110，扔下车子跑掉了。

龙啸的父亲多年来一直待在乡下收瓜子，年事渐高，缺个帮手。以前叫他回去，他总是有许多理由推搪。这次他主动告诉父亲想回去，父亲早巴不得他这样。

一年之内，龙啸为了收瓜子，跑遍临近各个县，还跑到内蒙古去。越往外跑，竟越畅快，有种重新找到水源的感觉。他想，知道是这样，早就把那个烂工作扔了。但他又不甘心，上了那么多年学，读了名牌大学，就这样混一辈子？那还不是把父亲的生活重复了一遍？而且，这种良好感觉没维持多久，他就发现危机了。买主那头"傻子""洽洽"为了降低成本，不等在地头收他们这些经纪人的货了，而是派出自己的业务员去源头收购，他在内蒙古就遇到几次。

龙啸想，假如这种生意不能做了，年近七旬的父亲将和村里的许多农民一样，下地去刨食，可能也凭着积蓄度过余生，但肯定不是忙碌了一辈子的父亲想要的生活。而且自己又得重新选择生活，犹如第二次下岗。他一定得早点想办法，不能像以前在厂子里那样，一直等下去。

想来想去，龙啸想到了新疆。新疆地方大，温差大，气候复杂，听走过新疆的人讲那里种啥东西都挺多。因为季节气候等因素，和龙啸他们当地的作物有时差，耽误不了这边的。没有人去，一来是因为太远，二来人们害怕。龙啸觉得自己应该赌一把，险中求富贵，别人不愿意去，不敢去，那些家大业大的企业，也不一定愿意去那儿凑热闹，说不定潜藏着很大的市场。自己要是把握住，说不定几年就能干出个样子，再不用东奔西跑地当经纪人了，而是可以干更大的事业。万一干不成，也就损失点儿路费。

有了这个想法，龙啸就开始留意，看能不能在那边找个熟人，没想到得来全不费工夫，在高中同学微信群里竟发现夏微雨。

由于这几年境况不好，龙啸不愿意和同学联系。被拉进微信群后，看到同学们似乎哪一位都比他过得舒服，他就不进群了。自从收上瓜子后，才又慢慢和大家联系起来。但进了微信群基本不说话，只是看。夏微雨就是这段时间出现的，她特别能说话，仿佛每天有大把的时间没事干，谁一起个话头，她马上就往下接；没人的时候，她自言自语；还时不时把自己做的菜晒上来。她居然就在乌鲁木齐工作。她每天说新疆的羊肉串、大盘鸡、哈密瓜，喀纳斯、五彩河、魔鬼城、吐鲁番，热情地邀请同学们去新疆玩，仿佛自己在那儿是女王一样。

那时，夏微雨坐在龙啸后排，齐肩发，宽脸，在班里女生中间算不上漂亮，但因为成绩好，歌唱得好，性格爽朗，很引人注目，尤其是吸引他。他每天有机会就观察她。夏微雨走路很带劲儿，屁股扭来扭去，手一甩一甩，仿佛能把整个世界甩在身后。她喜欢穿白裤子，走在校园里的黄土小路上，比现在许多名模走在T台上神气得多。龙啸不知道这就是性感，他只知道自己想看她。每天中午放学后，总是磨蹭着跟在她后面排队打饭，看见她吃什么菜，他就打什么菜。他记得有句古话说，不是一家人，不吃一锅饭。他迷信地认为和夏微雨吃同一锅饭，以后就可能成为一家人。高三时调座位，夏微雨坐在了他后面。他幸福极了。更让他感觉幸福的是他只要跟夏微雨说，给我唱首歌吧，夏微雨就开始唱，从来没有忸怩过。她只要开口，不管是正儿八经唱，还是轻轻地哼，马上会让龙啸忘掉这是紧张压抑的高三。两人虽然没有表白，但都明白对方喜欢自己。夏微雨除了会唱歌，还会叠幸运星。每天给他叠一个，塞进空墨水盒，墨水盒越来越满，像渐渐要实现的希望……

2

　　龙啸没有循着常规拜佛的路线走，而是选择大朝台，这通常是户外徒步爱好者走的路线，需要沿着山脊穿越五个平均海拔 2500 米以上的台顶，全程 60 多公里，除了爬山，还要穿越冰川期留下的石臼群。

　　龙啸暗下决心，一定要把五个台顶走完，他觉得这关系到新疆之行能否成功。

　　从家里出来时，龙啸感觉已经踏上了去新疆的第一步。

　　在火车站的候车厅，龙啸遇到许多装备齐全的户外运动者，看看自己，脚上是普通运动鞋，背上是软塌塌的双肩包，特别是进了车厢后，这样穿戴的两个女人和一个大男孩坐到他对面时，龙啸不安起来，瞄了瞄他们的高帮登山鞋、冲锋衣，把脚往回缩了缩，想非得这样吗？

　　年龄相对较大的那个女人特别爱笑，但每次笑到一半就想起什么似的突然停住，把目光转向旁边的大男孩。大男孩显然是她的儿子，站起来个子比她都高，不爱说话，一上车就一连打了十几个喷嚏，然后拿出本高三物理书看起来，边看边吸鼻子，揉眼睛。年轻点儿的女人是男孩的姑姑，一直在忙活，一会儿擦桌子，一会儿削苹果，剥橘子，边忙活边向嫂子和侄子说大朝台的故事，第一次怎样，第二次怎样。她竟然已经来过两次了。龙啸下意识地低头看了看，她穿着一条靛蓝色的有鸟标志的冲锋裤和一双高帮登山鞋。这种颜色的裤子太奇怪了，龙啸只见过这么一次。他想知道她穿什么颜色的袜子，但鞋帮太高了，看不到。

虽然事先做了攻略，但对于龙啸来说，这仍然是一条茫然的路。

对面的姑嫂开始谈论北大和清华哪个更好，五台山哪个台的风景最漂亮。对面的男孩又开始打喷嚏，还是一打十几个。龙啸闭上眼睛，火车声咔嗒咔嗒，沉闷极了。

等龙啸睁开眼睛的时候，小桌板上堆满了擦鼻涕的卫生纸，他微微皱了皱眉头，对面年长的女人脸红了，赶忙收拾这些卫生纸。

快到五台山车站时，许多人站起来收拾东西，龙啸也收拾。忽然那个年长的女人问，一个人？嗯。和我们一起走吧？龙啸心里一阵温暖，差点儿点头。那个男孩忽然又打起喷嚏来。龙啸转口说，不了。女人哦一声，招呼孩子和小姑去了。龙啸有些失落和后悔，不清楚自己为什么要拒绝对方。下车的时候，他紧紧地跟在他们后面，希望和他们住在同一个旅店里。

出了站，这三个人朝其中已经聚集了不少人的一面旗帜走去。龙啸迟疑着，想是不是跟着他们去，看有没有住处。这时一个浑身散发着寒气的女人冲到他前面招徕生意："住宿吗？一晚10元。"龙啸游移不定中，那三个人被大旗领着朝远处亮灯的旅店走去。

龙啸跟着女人进了车站西边的一家旅店。房间很简陋，三张床，一台老式电视，窗玻璃破了一角，风呼呼刮着。龙啸在地上转了个圈问道，我明天要去东台看日出，能帮忙找一下车吗？老板说，要是有车的话，大约三点半叫你。

睡梦中，忽然有人猛烈地敲门，门外有声音喊，快起，两点半有车上山。龙啸赶紧穿好衣服，跟着老板出了门。

几盏灯挂在火车站广场边上，昏黄的光只在灯柱周围投下一圈朦胧的黄晕，偌大的广场上黑乎乎的，夜晚显得深不可测。龙啸揉着眼睛上了中巴车，随着车上的驴友向山门进发。到鸿门岩，一下车走入一片银白，漫天都是星星，照得山路发白。同车的驴友们在整理装备，龙啸没啥可弄的，便沿着竖着旗杆的山路往上爬，在东台顶看完日出，龙啸独自从山脊上切过去往北台走。从号称"华北屋脊"的北台顶往前走时，龙啸明白装备的重要性了。这段路有的地方布满草窝子，里面有积水不断往外流，踩上去就打滑；冰臼群的石头高低不平，一不小心就磕一下脚；背包带子越来越勒，包与背接触的地方潮湿得好像要长出蘑菇来。突然间天迅速黑下来，竟下起冰雹，每一颗冰雹有黄豆大，越下越密集，周围的山坡模糊得看不到了，冰雹打在石头上又硬又急。龙啸担心冰雹下得更大迷了路，他可是一个人大朝台，谁也不知道他被困在路上。越想越急，路更加看不清了，一脚踩滑插进石窝子里，左脚腕扭了。龙啸不敢停，继续往前走，每走一步脚腕钻心的疼。所幸冰雹下几分钟就停了，到了西台法雷寺。

有几个人和路边等候的小巴司机嘀咕着，原来几个人听说晚上要投宿的狮子窝已经住满人，急着要赶过去。龙啸心存侥幸，想自己就一个人，到了狮子窝咋也不愁找个地方躺一晚。几个人坐上车招呼他时，龙啸发现脚腕已经肿了，但他想到大朝台关系到自己的新疆之行，决定和自己较较劲。

有段很长的下坡路，水泥被碾坏了，到处是石子，很不好走。每挪一步，身体的重量就全部落到脚腕上，疼痛难忍。龙啸想了个办法，调转身子，倒退着一步一步往下顺。脚腕上受的重量减轻，好像不太疼了，只是不停地有车驶来，卷起阵阵尘土，呛得他喘不上气来。

下到半山的时候，忽然看到一只狐狸，黄身子，黑尾巴，尾巴尖上有截白毛。看到龙啸，躲进草丛里，却没有跑远。隔了一会儿，探出脑袋打量他。龙啸从背包里掏出根火腿肠，剥开皮，放在手上。狐狸竖起耳朵，但不往前走。龙啸把火腿肠咬了一口，放在路边的一块石头上，往后退了几步。过了几分钟，狐狸跑过来，猛地叼住火腿肠跃进草丛里。龙啸继续往前走，忽然，狐狸又在前面出现了，黄身子，黑尾巴。龙啸再往前走，狐狸只是往路边躲了躲，认真地瞧着他。龙啸掏出块巧克力，放在手里，狐狸跑过来。龙啸摸了摸狐狸的毛，滑溜溜的。狐狸的小鼻头触在他手上，凉凉的，舔巧克力的舌头却热乎乎的。走出好远了，龙啸还感觉背后有一双眼睛盯着他。

　　好不容易走到平路上，到狮子窝还有很长一段路。脚肿得更厉害了，每拐个弯，龙啸就想，要到了吧？可转过弯还是灰扑扑的路，路两边的松树叶子上落满灰尘，像蓬头垢面又无精打采的女人。走着走着，对面出现一群从南台过来的尼姑，每走三步就趴到地上磕个长头。走在最前面的年轻尼姑忽然停住了。龙啸看见她前面有摊水，假如扑下身子磕头，就趴到水里了。他为她发愁。小尼姑回头看了看后面跟着的年长尼姑，迟疑一下，几步跨过那摊水，继续趴到地上磕头。龙啸快乐起来。

到了狮子窝，龙啸的脚不能动了。果然没有住的地方，连个凑合的地方也没有。当地的山民们招呼去他们山下的农家乐住。龙啸与几个同样没住处的人一起搭伴到了那儿，找开水烫了脚，早早钻进被子里。一晚上脚不敢动。

第二天早上竟感觉好了许多，龙啸于是侥幸起来，吃过早饭和几个一起投宿的人顺着店家指的小路沿着谷底朝南台去。走了不到一公里，又开始疼得要命，龙啸望着松树林上蒸腾的氤氲之气和远处连绵起伏的山脉，知道剩下还有十几公里路，走不完了。他让几位同伴先行，望着他们消失的背影，龙啸觉得新疆遥远起来，远得一辈子都不可能抵达。

天上的云一团团散开，太阳出来，草叶上的露珠干了。龙啸呆呆地坐了会儿，阳光把身子烤得暖烘烘的，他索性躺下去，压在根树枝上，灵机一动，拾起来拄了拄，长短正合适。昨天脚扭之后，一直想找个树枝，就是找不到。五台山草多树多，可一路上走过的基本是草甸和松树林，没有硬而长的适合拄的树枝。不知道这儿怎么就出现一根。龙啸还想再找一根，却把周围转遍了也没有。

拄上树枝走了几步，脚减轻压力，没那么疼了。龙啸快走几步，也能撑下去。他高兴起来，太神奇了，怎么会出现这么一根树枝呢？简直就是文殊菩萨的拐杖。要是能坚持爬到南台顶，以后把这根树枝供起来。

走出谷底，走进一片松树林，龙啸突然遇到昨天火车上坐在他对面的那两个女人和大男孩。他们正在拍照，龙啸帮他们拍了张合影，年长的女人发现他脚不对劲，问，怎么了？

不小心扭了脚，龙啸回答。

把这根登山杖拄上吧，女人直接就递过手中的一根登山杖。

不用，不用，你也得上山呢！龙啸涨红脸推辞着。

我这不是还有一根吗？女人把手中的另一根登山杖挥了挥。

龙啸推辞。女人却坚持给他。龙啸想到脚和剩下那么远的路，觉得再拒绝就矫情了。他接过登山杖，却又有些内疚。

登山杖长短正合适，搭配上树枝，走起路来轻松多了。龙啸顿时信心十足，相信一定可以登上南台顶，完成大朝台。没想到刚走几步，树枝突然断了。女人敏捷地说，树枝完成它的使命了。龙啸回味着她的话，想幸亏遇到这个女人。

女人体力比较弱，一路上不断地休息。她的两个旅伴很好，从来不催促，她歇息时他们就拍照，搞得好像专门来摄影一样。而女人不顾劳累，每次兴致勃勃地配合着小姑摆造型，光跳起来"飞"的动作至少做了不下十次。他们每次拍照总忘不了龙啸。几个人熟悉后，聊的内容就多了。她们来五台山大朝台是为了孩子。说到孩子，女人目光沉静下来，脸上出现丝阴影。

她说他是个好孩子，学习很认真用功，可是得了鼻炎。龙啸问，鼻炎不难治疗吧？女人说，普通鼻炎不难治疗，可他得的是花粉过敏型鼻炎，我们先前也觉得没啥大问题，可是中医西医看了不少，一直效果不明显。我还从网上找到乾隆皇帝的御医黄元御留下的药方——桔梗元参汤和五味石膏汤，给他配着喝了，也不大见效。有天孩子他爸读到美国很有名的作家怀特写的文章，他也是鼻炎患者，书中提到美国国务卿韦伯斯特因为鼻炎，居然放弃了总统竞选。他们的症状基本一样，爆发时鼻涕增多，两个眼睛发痒，不停地打喷嚏。你说，连美国国务卿和著名作家得了这病都治不好，咱们普通人有什么办法？巧的是高考正是孩子病发时。话说着，孩子那边仿佛有感应似的，又连续打起喷嚏来。望着这位善良的女人，龙啸叹了口气。女人抬起头说，不说这个了，你是干啥的？

龙啸说了说自己的情况。女人听着蹙起了眉尖，脸上现出担忧的神色。龙啸觉得不应该让女人为自己担忧，他便说自己现在收瓜子，大朝台是为了到新疆去。女人脸色好起来，说要去就赶紧去，决定了，别犹豫，她在新疆见过很漂亮的向日葵。

四个人做伴，不知不觉十多公里就走完了。登上南台锦绣峰，坐在普济寺的回廊里，龙啸觉得不可思议，大朝台竟完成了！

分别的时候，他们互相留了联系方式，女人叫蓝卫。龙啸说，蓝卫，以后你家别买瓜子了，我给你寄各种味道的。女人说，回去马上把照片发给你。

下山时，许多说不出来的东西把龙啸心里塞得满满的。路过山脚兜售旅游纪念品和土特产的地方，忽然看到旁边摆着些铁丝笼子，圈着几只狐狸。他大叫停车。

笼子都不大，每只大概长二尺，宽一尺，高一尺。里面的狐狸呆呆地卧着，眼睛眯着不知道盯着什么，几只苍蝇在它们面前乱飞。它们的毛色或白或黄或黑，也有杂色的，但没有一只像山上见到的那只，有那么多种漂亮的颜色而且有光泽。

老板看到龙啸感兴趣，就说老板您买一只放生吧。龙啸问，山上那些狐狸是人们放生的？老板说，是，积德呢！龙啸问，你们这些狐狸哪里来的？老板说，人工养殖用皮的，我们买下来积德。龙啸问，那你为啥不把它们放生？老板生气了。

　　龙啸不知道山上的狐狸是不是从这里买下放生的，也不知道老板的狐狸是不是从山上捉来的。他看到狐狸笼子旁边还有麻雀笼子，里面有几只麻雀头上没了毛，露出光秃秃的红肉，似乎还有血斑。

3

　　龙啸在发给夏微雨的微信上说，我要到新疆！说完这句话，他想起夏微雨当年的样子，龙啸设想着他们见面的地方和对方的模样，有些燥热。夏微雨现在干什么呢？龙啸想起那年的高考，要不是他觉得夏微雨比他考得好，自卑的心理作祟，不给夏微雨回信，他们现在……

　　等了一天，夏微雨没有回复。龙啸查看同学群，前几天的记录他删除了，昨天从他给夏微雨发那条微信起，夏微雨再没有在同学群里说一句话，以前可是不时冒出来说几句。

他揣度着夏微雨手机出故障了，还是忙得顾不上上网，遗憾地订了到乌鲁木齐的机票。

整理行李时，龙啸带了把瑞士军刀，没想到过安检时，被查住了。龙啸问，瑞士军刀不是世界上唯一可以带上飞机的刀具吗？他记得在哪里看到过这句广告语。安检的警察说，去新疆不行。那本来已经消失的不安情绪又回来了。到了乌鲁木齐，龙啸没想到住快捷酒店也要过安检，这是在内地从来没有遇到过的，龙啸觉得既安全又紧张，还有种新鲜感，这么严密的防范措施，搞破坏的人进不来吧？

收拾好东西已过六点，因为时差的缘故，却还是半下午。龙啸带上皮夹和身份证出了门。在大巴扎的干果摊上，他见到许多种类的瓜子，有葵花子、白瓜子、吊瓜子、西瓜子、南瓜子、黄瓜子、丝瓜子等，其他不说，光葵花子就大的、小的、奶油的、五香的、茶叶的、原味儿的、咸的等好多种。龙啸各样挑了点儿，又买了个哈密瓜和一串葡萄。

回到酒店，龙啸拿出新疆地图册翻了半天，没有头绪。他打开手机，看到微信闪烁，心里一喜，以为夏微雨给他回信了，却是蓝卫给他发来了前几天去五台山的照片。龙啸没有想到他们给自己拍了这么多。以前去外边游玩，有时别人也给他拍几张照片，大多没有结果，发回来的极少。龙啸想蓝卫真是个善良、热情、认真的女人，自己要是能帮帮她儿子就好了。忽然他来了兴致，看看时间才十一点多，也就是内地的九点多，他问蓝卫要了地址，跑到水果店买了十只哈密瓜，装好箱子给她快递过去。

再次回到房间，还是没有夏微雨的回信，同学微信群里却已经有了几百条信息，他爬楼看上去，没有一条夏微雨的。龙啸有些担心，夏微雨出什么事情了？他试着拨打她的电话，已经关机。龙啸有些着急，害怕夏微雨真的出事，可又没有她的其他联系方式。问微信群里的同学们，同学们也不知道。

在焦虑中，龙啸失眠了。他翻起微信朋友圈，夏微雨大概把朋友圈屏蔽了，和以前一样，什么也看不到。翻到蓝卫的时候，里面大多是关于戏剧、佛教、书法、读书方面的一些感想，龙啸读着就陷进去了。一篇篇读下去，翻到她两年前的微信时，极罕见地出现几组风景照，都是关于新疆的。龙啸看到了喀纳斯湖、五彩滩、一万泉、克拉玛依魔鬼城等美丽的地方。但吸引住他的是个叫北塔山的地方，那个地方看起来很荒凉，有张照片上是哈萨克斯坦和中国的界碑，但突然出现一片金色的向日葵，像把这片荒凉的地方点燃了。龙啸觉得这是蓝卫在指引他，他想起她帮助自己走完大朝台，决定明天到北塔山去。

去北塔山的路想象不到的荒凉，除了戈壁滩就是铁铸似的褐色山脉，寸草不生，像科幻片中没有生命的异星球。许多明黄色的硕大机器，上面标着浙江某某企业，《变形金刚》中的"大黄蜂"一样，在地下挖掘，旁边是挖出来的巨大花岗岩。

到了北塔山已是下午，迎面而来的是一排排高大的植物，居然是龙啸见惯了的杨树，但是它们的叶片又小又硬，摇晃在九月的大风中，像铁做的一样，闪烁着细碎的白光。

路边有座小山，山顶上有座白塔，龙啸想起五台山，想起标志性的大白塔。但这座塔没有五台山的白塔高大庄严，耸立在山顶上又细又小，像避雷针。显然它是这里的制高点，也是景点，上面影影绰绰有几个人影在参拜。塔下面台阶的铁扶手上，一串学生模样的孩子坐在上面往下滑，滑到底下后，又争先恐后往上跑，看谁先占住最上面的扶手，然后又一串滑下来。龙啸没有想到现在还有小孩儿玩这个，他小时候，同学们热衷于从电影院的木头栏杆上一次一次往下滑，裤子屁股那儿磨得镜子样光亮。

几十年过去，隔着几千里远，又看到这样的情景，龙啸心里有种说不出的感伤。他去了附近的小卖部，买了些零食和文具，来到这座小山前，孩子们还在玩刚才的游戏。龙啸吆喝着，把袋里的东西掏出来，孩子们欢呼着跑过来围住他。他们果然是学生，有汉族的，也有哈萨克族的。

龙啸问他们村里谁家种向日葵？我！我！我！孩子们像回答老师提问那样争先恐后地举起手臂。龙啸被一群孩子簇拥着，朝村里走去。在一个矮小的院落前孩子们停住。有个领头的上前敲了敲门问，有人吗？里面没有动静。他又提高声音喊，里面有人吗？还是没有动静。孩子用劲一推，门开了，里面还是没有人的动静。领头的孩子已经迈步进去，龙啸觉得有些不妥，但后面的孩子也跟着涌进去，他们还招呼龙啸快进去，龙啸便跟了进去。

屋子里面最显眼的是靠墙有条通铺似的炕，上面铺着块绿色的漆布，墙上面贴着张过时的年画，胖娃娃上面落满灰尘。对面凌乱地摆着些家具，大的大，小的小，颜色各异。墙角有个红颜色的铁皮暖壶，漆已经掉得差不多了。最使人新鲜的是炕脚下有个小小的摇篮，垂着帘子。

领头的孩子已经在屋子里转了一圈，说没有大人，估计是在地里，我去叫他们。龙啸还没有来得及阻止，他已经风风火火跑了。龙啸问，地远吗？他怎样去？另一个孩子回答，别管他，一会儿就回来了。他骑自行车去。

龙啸觉得主人不在，待在人家房间里不大好，便说咱们去院子里等吧。忽然摇篮里传出声响动，龙啸好奇地凑上去，掀开罩在上面的花布，一张小小的脸张开眼睛，并不哭，而是挥舞着手要什么。龙啸不知道他是渴了，尿了，还是饿了，他下意识地把手伸过去。孩子突然抓住他一根手指不放。小手湿漉漉的，带着奶味儿，有种神奇的温暖和力量。龙啸舍不得放开，任由他抓着，用另一只手逗了逗他，孩子笑了。然后龙啸听到下面传来窸窸窣窣的声音。他把被褥掀开，看见摇篮底下有个洞，接着个小盆，里面有层鲜黄的尿液。孩子努力了几下，不动了，但还是牢牢抓着他的手指。龙啸不知道这个孩子单独放在屋里多久了，他问旁边的孩子，你们这里都是这样照看小孩吗？大人出去不关门？孩子们七嘴八舌回答，都是这样，我家也是弟弟一个人待着。龙啸觉得不可思议。他想在城市里，大人带着孩子形影不离，自己照顾不过来再把双方的老人接过来，或者雇上保姆，一刻也不敢让孩子离开大人的视线。他把孩子轻轻抱起来，孩子笑了，一只小手挥舞着，另一只还是紧紧攥着他的手指。

　　龙啸手和胳膊发困的时候，听见屋外响起摩托车突突的声音。孩子们又争先恐后地说，回来了！回来了！龙啸看见两个脸膛晒得发黑的男人走进来，头发上都是沙子和土。奇怪的是他们的鞋，是那种已经很少见到的手工做的布鞋，破了洞，露出几个黑乎乎的大趾头，上面的指甲缝里渍满黑泥。龙啸不知道多少年没有见过穿破鞋的人了，一下不知该说什么好。两个男人看见龙啸，局促地笑了笑。年轻的那个从龙啸怀里往过接孩子，孩子还紧紧抓着他的手指头。男人不好意思地笑笑说，我去给他弄点吃的。冲了半壶奶，尝了一口，塞到孩子嘴里。孩子手松开了，抱住奶壶咕咚咕咚喝起来。

龙啸问，你们种向日葵？嗯！两个男人一起点点头。种了多少亩？五百亩。年轻的那个回答得快些。长得怎样，我能看看吗？龙啸问。我们种的时候签了合同。年轻的边说边去找合同。年老的说，今年年份不好，前半年太旱，一滴雨都不下，后半年进入八月每天下，刚停没几天，向日葵都涝死了。是啊，是啊，那几天到处都是雨，每天从早上起来下到晚上，从晚上睡下下到早上，谁也没有见过那么大的雨，死了好多羊。我们还放了几天假。一个孩子插嘴说。龙啸心里咯噔一下。

年轻的把合同找出来，龙啸仔细瞧了瞧。合同很正规，上面严格写了对向日葵每个盘子的籽粒数、大小、色泽的要求，价钱也不错，一斤七元钱。这样的要求，在正常年景也得上等货，龙啸想起年老的男人说的今年的状况，他心里叹口气，问道，能带我到地里看看吗？

男人把孩子放到摇篮里，拉上门。咱们就这样走？龙啸怀疑地问。他觉得至少男人应该多陪陪孩子；或者，他不知道男人把孩子带到地里对，还是这样子对，但总觉得这样匆匆回来，又匆匆走了，对不起孩子。门还不上锁。男人说，没事儿，他习惯了。

龙啸坐着年老男人的摩托，年轻的在他们前面带路。龙啸看见前面摩托的商标牌子磨损得只剩下个"日"字，像日本兵投降时降下的国旗。减震器嗡嗡响着，滤油器大概出了毛病，不住地往下滴黑油。黄土荡在龙啸脸上，像刷了层水胶，皱巴巴难受。在风中，树叶里面藏着无数小人用刀在厮杀，日头偏西，照在兵器上泛出血一样的红光。龙啸感到有些冷，可是又不想和前面骑摩托的男人贴得太近。

到了葵花地，像看到雨打残荷。葵花秆被机枪扫射过似的一片片躺在地上，一位披头散发的女人跪在地里扶那些葵花秆，膝盖压在干枯的枝叶上发出骨头断裂似的声音。这时龙啸突然听到了摇篮里孩子的哭声，不是伤心失望，不是怒不可遏，只是在哭，一声接一声，像水龙头在漏。他疑惑地瞧瞧女人，她显然没有听见，依然在扶那些葵花秆，连他来了都没有发现。

龙啸心疼地捡起个与地粘在一起的葵花盘子，搓去上面的泥巴，瓜子被水泡久发白，籽粒数、大小、色泽没有一样符合合同上的要求，虽然他早已预料到，但还是难受。这样的瓜子根本不可能卖到七元一斤，五元也不行。他估摸了一下，他来收购的话，一斤最多只能给他们四块七，这样除去土地承包费、籽种、化肥、浇地的水费、人工费，五百亩向日葵得赔三十万。龙啸被这个数字惊呆了。

两人眼巴巴地望着龙啸，年老的那个脚趾头在不由自主地颤抖。

龙啸问，问过和你们签合同的人了吗？

年轻的那个男人说，他们再有两三天就过来。

龙啸说，给他们打电话吧，这瓜子，不好卖。

两人的脸唰地白了。不，不可能吧？年老的结巴着问。

龙啸摇摇头。

年轻的赶紧掏出手机。

田地里，女人还跪在地上扶那些倒了的向日葵，龙啸看见那数不清的倒在地上的秆子头皮发麻。

年轻男人挂了电话，脸色更白了，甚至不懂得掩饰自己的神态，直接问龙啸，你能出多少钱？

龙啸沉默半天，低声吐了个数字，四块七。

杀人呐！年轻男人蹦了起来。

龙啸垂下头，为自己说出的价钱难受，觉得对不起这家人。但是他在心里已经盘算过好几遍，四块七收上，他最多只能挣八分钱，还得承受风险，是他收瓜子以来最低的利润了。

年老的那位抬起头，额头的皱纹一层层堆积起来，像老树皲裂的树干。龙啸不敢看。男人用颤抖的声音问，不能再加点吗？

龙啸仔细盘算了一下，难受地回答，最多四块七毛三。他感觉自己疯了，用这个价钱收上，稍微出点儿问题就赔了。

年老的男人突然脸红起来，眼睛和鼻子同时湿润了，然后泪就流出来。龙啸感觉很难受，但他没有办法安慰他，他痛恨起自己的职业来，觉得自己有些无耻。

回去的路上，只有年老的男人载着龙啸，年轻的和女人留在地里。一路上，两人都不说话。龙啸耳边不停地响起摇篮里那个孩子的哭声。好不容易望见那座小小的白塔了，太阳就挂在上面，像被戳了个窟窿。龙啸让男人到了那儿把他放下。男人一把他放下，就赶紧掉头往地里去了，根本没有回家去看孩子的意思。龙啸想再去看看那个孩子，让他把手指头紧紧攥住，但是他不敢去了。

那群孩子看见他，又围上来，刚才那个领头的几步跳到他面前打问，收上了吗？龙啸摇摇头。他问，你们这儿还有种向日葵的吗？男孩摇摇头又点点头，前几年种的人多，但种下基本都是自己吃。后来外边的人来包地，一种好大一片。前年有几个河南人包了几百亩地，种得赔了，一家人喝上药都死了。现在种的人少了。说完，男孩补充一句，就埋在那边。男孩指了东面一下。龙啸心里凉飕飕的。

晚上，龙啸住进北塔山唯一的旅店，他把拍了那座小塔的照片给蓝卫发过去。不一会儿就收到蓝卫吐着舌头的回复，问这是哪里呀？龙啸回答，北塔山。蓝卫说，我前年去过。龙啸想说看到你微信里的照片了，忽然想到前年不是男孩所说的河南人自杀的那一年吗？他进一步想到，蓝卫拍照站的那块向日葵地可能就是河南人承包的地，赶忙把话头岔开。

龙啸正盘算着第二天去哪里的时候，眼前一黑，停电了。服务员送来一支蜡烛。龙啸问啥时候能修好电？对方回答不知道。风把蜡烛的火苗吹得晃晃悠悠，把龙啸的影子拖得长一下短一下。房间里居然没有厕所，房门也锁不住。龙啸忐忑中进入梦乡，几次梦到有人闯入他的房间。醒来听见风拍打着窗户，远处又有小孩的哭声隐隐传来，他不知道那几个种向日葵的人回家没有。

半夜上厕所返回来时，居然跑到别人房间里了。龙啸难堪地退出来，突然在楼道里看到一双发绿的眼睛，狐狸！他完全清醒过来，肯定这不是狗，不是猫，就是一只狐狸。他蹑手蹑手走过去，希望狐狸跟着到他的房间，里面有瓜子、火腿肠、方便面。可是当他走到大概只有两步远，以为狐狸对他没有戒心的时候，狐狸轻轻一跃，从旁边破了的窗户中逃走了。月光下，他看见一条毛茸茸的尾巴……

后半夜，龙啸梦到那个孩子紧紧抓住他的手指进入梦乡，他害怕把孩子弄醒，一动也不敢动。

第二天天一亮，龙啸就爬起来，发现自己左手攥着右手的中指，两只手都发麻。揉搓半天，看见太阳从白塔后面一点一点往上爬，像刺破中指流下的一串串血珠。

龙啸出了门，凉爽的空气让他打了个激灵，太阳已经爬上塔尖，还在继续往上爬，很快就超过白塔，挂在空中。

龙啸不知不觉走到昨天那个院子前，门还是掩着。想了半天，没有进去，而是买了两袋奶粉，连同写着自己电话的字条一起放到门口。他不希望这家人打他的电话，但又想，假如打，他可以告诉他们"洽洽"收购员的电话，直接卖给他们可能会好一些。

4

返回乌鲁木齐的路更加荒凉，那些黄色的大机器轰鸣着，好像一刻也没有停歇过。巨大的花岗岩被拖上货车，陆续淹没在尘土中。这荒凉的异星球好像变小了，像蚂蚁啃骨头，虽然咬下小小一点儿，但肯定咬下了。龙啸不知道多少年之后，这里会变成一个湖泊，还是被填上土长满金色的向日葵，或者一直被挖下去，挖到地球对面去？他忽然感觉有些恐惧。

到了车站，又遇到严密细致的安检，龙啸想抓住点什么，可是联系不上夏微雨，有些沮丧。

旅客们依次下车，一只鸡突然从篮子里跳出来咯咯乱叫，引发一阵骚动。

龙啸打开地图，北塔山在一片黑点中毫不起眼，他费力地凑到眼前才看见。下一步去哪里？龙啸掏出手机，夏微雨依旧没有任何消息。点开蓝卫的微信朋友圈，她刚发了条信息：儿子数学考了147分。龙啸点了赞，心情好起来。

1路车到站，吐出一堆人，开始笨拙地转身。龙啸有种冲动，感觉它是来接自己的，便上去坐到最后面。车到乌鲁木齐一院的时候，上来位穿长袍子的中年女人。黑色的头巾掀开后，露出花白的头发，看样子也就五十岁左右。

女人两只手紧紧抓住围着驾驶座的金属栏杆，眼巴巴地望着司机，像做错事情请求原谅的孩子。

司机说，买票。

女人眼泪瞬间流出来，伸出一只手擦着，越擦越多。另一只手摊开，是团卫生纸。

司机说，买票啊！

女人僵着身子说，没有钱。伴随着说话，擦眼泪的那只手像摁快进的开关，泪从粗糙的脸上流到鼻尖上，混合着鼻涕一起流下来，整张脸顿时成了花的。拿卫生纸的另一只手哆嗦着，拇指和食指比画出二寸长的东西。

司机叹口气发动车，郁闷地说，没钱也得买票啊！

龙啸站起来，但坐在第二排的一位女士先动了，她上前去说，我帮她刷卡。龙啸听见车上的人好像都松了口气。

女人一屁股坐在门口第一排的单座上，两只手捂住脸，眼泪顺着指缝淌出来。背后有个老太太拍拍她的肩膀，递给她纸巾。女人用劲撕开包装，抽出一张擦擦，攥在手里，把剩下的装进口袋，又用手指在喉咙上比画着，用沙哑的声音说，孩子还不大啊！

食道癌、凶杀、窒息……种种凶险的事情出现在龙啸脑海。每次见到医院，他想到的总是疾病和死亡，女人又这个样子，他替她担忧起来。

女人边哭边述说，龙啸离得远，听不大清楚，只是听见前面几个人跟着叹息。

女人说着可能更加难受，不由站起来，声音也高起来。花白的头发像顶破旧的草帽，使她那张沧桑的脸不忍让人目睹。她说她从来没有出过远门，昨天晚上赶到乌鲁木齐，找不到医院。走了一晚上好不容易找到一院，可是找了半天也没有找到孩子，原来不在这里，在另一个医院。女人呜咽着说，一晚上没有睡觉，也没有吃东西，早上有个好心人给了她一杯牛奶、两个包子。她不知道下一个医院在哪里。她的一只手始终举着，比画着个二寸长的东西，像颗无形的钉子，直往龙啸心里嵌。

背后的老人问哪个医院，她嘟哝了个名字。有人说应该再有两站下，倒37路车。有人说问问司机。

女人显然更信任司机，弯下腰，钻进围着司机的栏杆。

司机说，出去，这里你不能进来。

女人脸上挂着泪花，问××医院怎样走？

司机说，再有两站下，倒37路或42路、4路支线。说完又让她出去。

女人笨拙地调转身子，往出钻。

还是刚才帮她刷卡的那个女人，掏出几张零钱，塞到她手里说，倒车的时候用。

龙啸站起来，往前走了几步。过了一站，又到一站时，女人还沉浸在悲伤中。龙啸冲她说，该下车了。女人猛然惊醒，跌跌撞撞往车前门走。司机喊，下车走后门。女人笨拙地转过身子，小跑着往车后门赶。还没等车停稳，就跳了下去。龙啸跟着下了车，女人一把抓住他的胳膊问，37路、42路、4路支线在哪里？我不认识字。龙啸说，我帮你看。女人紧紧抓着他，怕他走了。

龙啸小心翼翼地问，你的孩子到底怎样了？

女人松开他的胳膊比画起来，这么长的钉子钻进他的喉咙里。

龙啸有些心惊肉跳，硬着头皮问，现在呢？

在医院里抢救，不知道能不能活……

龙啸感觉比他想象的要好，最起码还有希望。于是安慰道，做了手术应该没事。说完打开钱包，掏出五十元钞票塞给女人，说你买点吃的。

女人没有推辞，也没有感谢，接过钱，和刚才那个女人给她的零钱、卫生纸一起团在手心里，又用另一只手抓住龙啸的胳膊。

37路车来了。龙啸告诉女人。

女人说我不认识字，抓着他的胳膊不放。

龙啸叹口气，随着女人一起上车后，买了两张票。

车上没有空座位，龙啸摆摆胳膊说，放开我，我和你一起去医院。

女人说，可怜的孩子。另一只手比画着二寸长的钉子的模样。

往前走，上车的人更多了，龙啸和女人被紧紧挤在一起。女人不能比画了，还在自言自语着，嘴巴在他耳边呼出蔗糖似的气息。龙啸想挪动身体，躲开女人，可是车上人太多了，他只好尽量把自己往小里缩，躲开点女人。可女人像膨胀的热气球，他越躲，她越大，不仅她嘴里的气息越来越重，而且身体也冒出热气来，像冬天的电热扇。

龙啸烦躁起来，每一次报站都盼望听到那个医院的名字。一次急刹车，女人狠狠蹭了他一下，浓重的气息让他窒息。

　　他突然想起自己第一次接吻。那时上大学，穷，吃不起好东西，两人只吃了两个炒面皮。那天晚上，星星特别亮。两人吻时，刚开始尝到的是面皮里面醋的酸味儿、辣椒的辣味儿，但很快就变成女性的香味儿，那种软、绵、甜的味儿他说不准确，但却是这辈子感觉到的最好的味道。后来，他们接吻前刷牙，吃口香糖，却再也找不到那种味道了。此后，他再没有体会过那种味道，也再没有见到过那么灿烂的星空。再后来，城市的天空看不到星星了，龙啸也基本不想了。现在，在这又闷又热又挤的公交车上想起这些，龙啸下意识地抬头望了一下，铁皮车顶上涂着白色油漆，掉了几块，露出深色的锈迹。

　　到了医院，女人依旧抓着他。门口的防暴警察狐疑地盯了他两眼。女人朝他们说了句什么，警察笑了，朝他竖起大拇指。他听见好像是雷锋，又觉得不可能是。女人的恐惧和信赖让龙啸有了勇气和责任，觉得最起码应该陪女人找到孩子，反正自己也没想好去哪里。

　　问了手术室之后，走在弥漫着福尔马林气味儿的走廊，不时见到白纱布捂住某个器官的病人，忧郁地靠着漆着绿色墙围的墙壁，呆呆地望外面。女人惊恐地抓着龙啸的胳膊，手上的劲儿越来越大，脚步却越来越软。龙啸也开始紧张起来。上了几层楼，拐了几个弯，迎面走来一位穿着病号服的女人，脖子周围缠了几圈纱布，脸色苍白，却微微露着笑容。那笑容使龙啸紧张的心情舒缓下来，他的舒缓也感染了女人。看到手术室的时候，她甩开龙啸的胳膊，大步冲上前去。

一对疲惫的年轻夫妇坐在走廊蓝色的椅子上，周围是吃剩下的果核、果皮、饼渣子，空矿泉水瓶，像大海退潮后冲上沙滩的垃圾。

看见女人，夫妇一起站起迎上来喊妈。

孩子呢？孩子呢？女人一迭声地问了几句。

男的回答，钉子取出来了，医生在缝伤口。

女人扑通坐在椅子上不动了。半晌，嘤嘤哭出声来，比画了几个小时二寸长东西的手松开了。她让儿子领着她去看看钉子。

龙啸望着女人慢慢伸展的背，蓝卫的笑容浮现出来。要是刚才公交车上贴着他手臂的是蓝卫呢？龙啸不好意思地笑笑，蓝卫儿子又浮现出来，是十几个响亮的喷嚏。

5

这时前面出现一个穿白大褂的女人，一道长疤从左眼角跨过整个左脸，还捎了点儿嘴角。

龙啸看第一眼时感觉恐怖，却不由自主地又看了一眼。女人本来目不斜视地走路，发现有人注意她，便低下头，转过脸。在她低头的瞬间，龙啸发现她的眼神出现一丝疑问。这是个熟人！龙啸忽然想到夏微雨。

抹去女人脸上的刀疤和岁月添加的风霜，龙啸眼前出现一个宽脸女孩，走路屁股一扭一扭的，手好像要甩到天上去。女人已经走过回廊，向左拐去。龙啸快步跟上去，盯着她的背影，果然屁股一扭一扭，手甩得很高。

真是夏微雨！

龙啸马上明白了她为啥平时在微信群里聊得那么热闹，还热情地邀请大家来新疆玩，当他真的来新疆时，她不仅不回微信，而且还关了手机，玩起失踪来。他想起自己刚下岗时自卑的样子，知道她是躲着不想见自己。可是他又为她担心，于是循着那背影跟过去，看见她进入化验室。龙啸在门口等了十几分钟，女人没有出来。他确认她就在化验室工作。不放心，又在门口寻找化验室医生的名字。在信息栏里，他看到了夏微雨的名字，是副主任医师。相片比她年轻时候成熟一些，宽脸，上面没有刀疤。

龙啸不知道夏微雨的生活发生了什么变故，他想敲开化验室的门径直走到她面前，又害怕让她难堪；而不进去吧，又觉得他们这辈子可能再没有机会见面了。他在门口徘徊着，大约半小时过去，突然化验室的门一响，有人要出来。龙啸害怕出来的是夏微雨，肩膀一缩，快步朝来时的手术室走去。

到了手术室那条走廊，远远看到中年女人和年轻夫妇还在，那个中年女人正焦急地把脸凑到门缝上往里看。忽然门开了，她后退几步，担架推出来，几个人赶忙围上去。龙啸也担心地往过凑。医生说，再输几天液观察一下。女人不放心地问，好了吗？医生说，没大事，只要不感染很快就好。女人还是不放心，俯下身子低声呼喊孩子的名字。孩子没反应。女人握着他的手，焦急地问，咋还不说话？医生又好气又好笑地回答，麻醉还没过去呢。女人长吁口气，拍拍胸脯说，吓死我了。看到龙啸时，嘴大张着，脸上放着红光，现出令人难以忘怀的笑容。女人大声对他说，孩子没事，现在正在麻醉中，再输几天液观察一下就好。这是龙啸头一次见到她笑，几个小时前那种晦气和可怜劲儿消失了，变成个快乐的老奶奶，满脸慈祥。龙啸也跟着她笑，见到夏微雨后心中留下的难受劲儿慢慢被挤出去些，但还是为夏微雨担忧，要不是他，她还能在同学微信群里寻找些虚拟的快乐。就像他小时候在大河边看到那些白色的水鸟把长长的喙插进水里，不一定是为了捉鱼，也许就是喜欢水。现在他把她惊飞了，失去这个通道，她怎样排解忧愁孤独呢？

龙啸觉得自己站在人家一家人旁边是个多余人，但接下来怎么办，还是茫然。

出了医院，空气中少了福尔马林的气味儿，让他舒服些。龙啸在医院门口的报刊亭买了份《新疆晚报》，拐进旁边的烧烤铺子，要了羊肉串和啤酒，边喝边百无聊赖地搜寻信息。一篇报道吸引了他，《新疆棉花去哪儿了？——大数据为您揭秘》："今年新疆棉花面积下降，前期北疆低温对棉花产量的影响尚待明确，南疆因8月以来阴雨天气偏多，部分地区反映存在铃小铃轻的情况，棉花成熟期较预计大为推迟；此外，由于内地拾花工赴疆数量减少，目前到位情况不佳。9月随着新疆棉花收购价水涨船高，棉农惜售情绪有增无减……国庆过后，新疆新棉将迎来大规模采摘上市，籽棉收购价能否维持高位，新棉产量到底落在多少，轧花厂是否会形成加工利润，太多的看点还在后头。"

棉花面积下降，什么作物面积提升呢？难道是葵花？在龙啸心中，棉花和葵花如姐弟一样。尽管他们那儿从来没有种过棉花，但棉花带给他们的温暖，别的什么作物也比不上。在寒风呼啸的冬天，穿上厚厚的棉衣棉裤，无论刮西北风，还是下鹅毛大雪，身上都暖暖的。身体哪个地方要是擦破了，揪块棉花烧成灰，搭上去血就不流了。而在过去，向日葵是每家每户的零食铺子和流动银行，嘴馋了，炒上几把瓜子，馋人嗑瓜子，馋狗舔磨子；没有零花钱了，卖上一袋瓜子。现在人们能吃上各种各样的零食，反而种向日葵的少了。

龙啸忽然决定，到南疆去看看，新疆瓜子到底在哪儿。

坐上从乌鲁木齐到喀什的火车，龙啸想象中国内陆第一个经济特区的样子。他想现在的喀什，大概和三十年前的深圳差不多，机会应该挺多，说不定能碰到好运气。

和他坐在一起的是位面孔黧黑长满皱纹的汉族男人和一对年轻的维吾尔族夫妇。一上车，汉族男人就双臂抱在胸前闭上眼睛。维吾尔族男人拿出《古兰经》，女人安静地盯着窗外，好长时间都一动不动。龙啸也扭头看窗外，一排排树木和房屋倒退着闪向后面，间或出现尖顶的清真寺，剑样刺向天空。在穿越隧道的瞬间，玻璃暗下来，上面映出女人乌黑的大眼睛，夜一样深邃。

龙啸想起去五台山的路上那种嘈杂、热闹、温馨，但旁边的小桌板上没有一堆擦鼻涕的卫生纸，也没有橘子皮苹果皮，只有两个水杯和绿色软纸封面的《古兰经》，像素描中的静物一样。

咔嗒、咔嗒、咔嗒，火车沉闷地行驶着，那声音使蓝卫孩子的鼻炎和夏微雨的刀疤交替出现在龙啸脑海，再想到自己下岗，他想人活着为何这样艰难？

一路上，四个人基本没有交流。快到喀什时，维吾尔族男人上卫生间。汉族男人睡醒觉了，睁开眼睛低声问龙啸，到喀什去干什么？龙啸如实回答，收瓜子。到喀什收棉花的很多，收瓜子的第一次遇见。男人有些惊讶地回答。龙啸心里开始发凉，问对方是干什么的。对方说是援疆当老师。龙啸望着那苍老的面孔，不敢问他多大年纪了，而是说当老师挺辛苦的。对方长长地唉了一声。旁边的女人微微动了下身子，戴上黑色的面纱，不知道能不能听懂他们的话。

临下车前，援疆老师给龙啸留了电话，让他注意安全，不要到太偏僻的地方，尽量住个好点儿的宾馆。龙啸点点头，表示明白他的意思。对方还是握着他的手不放，满是关切的眼神。龙啸有些感动，向对方保证绝对不会和任何人发生争执。如果有人和他说话，不管懂不懂对方，都要赔着笑脸。问话就更不要说了。男人说，这样做最好不过，有啥事打电话。

到了喀什，真正有到了异域的感觉，乌鲁木齐有，北塔山也有，但都不如喀什感觉明显。龙啸觉得很新鲜，有些兴奋，但想到传说和路上援疆老师的叮嘱，又不免紧张，便打算赶紧找到种向日葵的，早日收购上返回内地。

龙啸开始在喀什周边转悠，打听种向日葵的信息，可是他遇到的人都是收棉花的。他们议论着今年的天气和棉花的价格。有几个山东来的，见龙啸收瓜子，和他们没什么竞争，便邀请他一起租车下地头去。龙啸正担心一人下去不安全，马上答应了。

那几天，龙啸看到这辈子最多的棉田和棉花，像天上的云都被扯下来，铺在无尽的大山中间。山东人很豪爽，爱喝酒，每次喝酒都吆喝上龙啸。龙啸酒量不大，却痛快，有种舍命陪到底的勇气。没几天，山东人就喜欢上龙啸，车钱也给他免了，说他一个人，顺便捎上就行，而且说这几天光看棉花了，专门抽一天和他找向日葵。

连续喝了几天大酒，龙啸身体吃不住，开始拉肚子。山东人不让他喝酒了，却依然带着他。

有一天，山东人谈成一笔很大的买卖，因为兴奋，中午几个人都喝高了，躺在棉田边上的简易彩钢房里呼呼大睡。龙啸为他们高兴，一个人却无聊得紧，不知道什么时候能找到向日葵，有些发愁。

他踱出彩钢房，正望着大片的棉田发呆，忽然一个喷嚏惊醒他，在院子里的树荫下，有个维吾尔族男孩用袖子抹了下鼻子，然后埋下头写作业。他的父母大概都是种棉花的。

龙啸带点儿好奇凑过去。

小孩儿正在写语文吧？上面的维语他一个字也不认识，于是打开旁边的五年级数学本。一看大吃一惊，小孩刚做的数学题基本都错了。龙啸再往前翻，以前做的作业上面大部分是鲜红的×号。龙啸心疼起孩子来，他想起在内地，他所在的那个城市，几乎每个老师都让家长检查孩子做完的作业，还要在上面签上名字。许多家长为了孩子能考个好成绩，不光自己辅导，还给孩子报各种各样的课外辅导班。

龙啸指着一道数学题，试着说，这道题做错了，应该……孩子的眼神突然亮了，在橡皮上吐点儿唾沫，用劲儿擦起来。擦完之后，眼亮晶晶地盯着龙啸。龙啸给他认真讲解起来。开始，他怕孩子抵触，或者调皮不想听，讲得有些简单。没想到孩子认真极了，眼睛一眨不眨地听着，听完了马上去改正。改完又继续用期待的目光望着龙啸。于是龙啸把所有的错题都指出来，孩子对他出奇地信任，龙啸一说错，马上就用橡皮擦，把作业本擦得乌七八糟。龙啸用了半小时的时间，把孩子做错的题都讲了一遍。孩子认真地一一改过，让龙啸检查。龙啸发现孩子这次都做对了，友好地摸了摸他的脑袋。孩子高兴地吐了吐舌头，拿着作业本跑去让母亲看，等母亲看完，又让父亲看。不一会儿，孩子的父母亲都过来了，不停地给龙啸鞠躬，深眼睛里满是感激。他们虽然穿着袍子，可上面都是泥巴，脸被太阳晒得黑黑的，皱纹又多又深，手指关节又粗又大，上面是风吹裂的口子。龙啸忽然觉得他们是如此熟悉，和自己村里的乡亲们一模一样。他不好意思起来，赶忙摇头，自己只是没事儿花了点儿小力气。

因为好奇，龙啸拿起写有维语的作业本，问两位家长孩子刚才写的话是什么意思。两个大人的脸瞬间变得通红，羞愧地摇头说，他们不认识字。龙啸从来没有想到他们连维语也不认识，很是惊讶。

过了一会儿，孩子母亲叫过一个年轻小伙子。他捧着作业本，努力端详半天，结结巴巴把它翻译成汉语。龙啸觉得不大靠谱，可是不敢再多问，怕他们难堪。

男人却问龙啸是不是老师。龙啸摇摇头，指着几个山东人说，和他们一样，收粮的。只是他们收棉花，我收瓜子。瓜子？他说完后，男人略微有些失望，但很快眼睛亮起来。他和老婆用维语交谈几句，便发动摩托。女人说，你跟着他去看看。

龙啸坐在维吾尔族男人的摩托上，想自己来了新疆总是坐摩托，只是这次的摩托更结实些，是嘉陵125，但走起来减震器仍嘎嘣嘎嘣响。大概走了二十来分钟，拐过几个山包之后，忽然在河滩里看到向日葵。景象非常壮观，也许是龙啸渴望这种壮观太久了，眼睛竟有些湿润。只见一棵一棵向日葵紧密地排列着，花瓣与盛开时的那种金黄色的美丽不一样，它们颜色发褐，有的变黑了，一缕一缕地下垂，配上沉甸甸的瓜子盘子，给人一种成熟、庄严的美，像数不清的燃烧着的太阳。葵花秆笔直地挺立着，一直延伸到远处的山脚下，好像正在等待着他的检阅。龙啸有些激动，心猛地跳起来，像小时候钓到大鱼的感觉。他让维吾尔族男人继续往前驶。到了河滩边，他迫不及待地跑向向日葵。长得真好啊，每一个盘子都颗粒饱满，色泽沉稳。他剥出几粒瓜子，比他一个手指关节都长，扔到嘴里，一股淡淡的甜味儿弥漫出来。咬下去，有种植物种子特有的清香，让人心里一阵踏实。龙啸想起在北塔山看到的那个合同，向日葵每个盘子的籽粒数、大小、色泽都能达到那个要求。他手放在胸口，害怕心脏跳出来，问旁边的新疆男人，这些瓜子有没有卖出去？应该没有吧，没听说他们卖过，这几天都是收棉花的。我们这儿的瓜子通常收回去，等到晾干，冬天才卖。龙啸长吁一口气，不敢相信自己的好运气。没想到喀什的瓜子还是这样卖，与他们那儿很多年前一样。

男人咕哝了个维吾尔族人的名字，载着龙啸沿着葵花地缓缓走了一会儿，又发动油门。

那天下午，男人一口气带着龙啸看了五六块向日葵地。傍晚时他们回去，几个山东人酒醒了，正在喝茶。维吾尔族男人留他们吃饭，说是把种向日葵的几个人叫来，让龙啸和他们谈谈。

过了一会儿，摩托轰鸣着相继来了七八位维吾尔族人，他们是那些向日葵地的主人。龙啸与他们边吃饭边聊，很快达成意向，他们愿意把瓜子卖给龙啸。主人让龙啸留下，明天好好看货，谈价钱。山东人接下来要雇人来这里摘棉花，先回去了。龙啸没有想到自己居然独自住在维吾尔族人家里，他让小孩找出三年级数学课本，从头给孩子讲起来。

第二天，龙啸一早起来与那些人去地里看瓜子，他怕夜长梦多。看一块，定一块，龙啸出的价钱好。他不想做一锤子买卖，今年这笔买卖做好了，明年、后年，以后可以继续做这里的买卖。那些人也盘算了，龙啸给他们的价钱算下来，比他们把瓜子弄回去晾干再卖，每亩地差不多能多赚五十块，还省心省工夫，都觉得挺划算。

那些天，这里热闹极了。山东人雇上人摘棉花，龙啸雇上人收瓜子，到处忙得热火朝天。但不管多累，龙啸每天坚持给孩子补一小时数学。

六七块地的瓜子收完之后，一个传一个，又有更远处的维吾尔族人听到龙啸收瓜子，价钱出得蛮高，也要卖给他。于是龙啸要从这儿倒到另一个地方去。告别的时候，维吾尔族孩子的数学补到了四年级下学期，家长对他千恩万谢，实在是舍不得让他走。龙啸担心自己离开后，孩子剩下的课程跟不上来。他想到在火车上遇到的在喀什援疆的那位老师，便试着给他打电话。他代课的地方居然就在离这里不太远的县里，可以让那家人带着孩子去找他，而且他国庆节不计划回内地，可以给孩子集中补习几天。龙啸把这个消息告诉孩子的家长，维吾尔族人没有想到有这样的好事，拉住龙啸的手久久不放，激动得说不出话来，只是让妻子往龙啸包里放石榴、葡萄干、无花果、巴旦木仁、核桃等土特产，把挺大的包弄得鼓鼓囊囊。龙啸背上后，感觉自己像进沙漠前吃饱喝好还带足东西的骆驼，有种从来没有过的踏实感。

不到一个月时间，龙啸了解到维吾尔族人的教义提倡诚实和谦虚，说话要低声，待人要和颜悦色，切忌粗暴，不能对人讥讽、攻击、以诨名相称、以恶语诽谤。与他来之前想象的根本不一样。他想到在老家，人们还经常称呼对方的诨名。自己下岗后，动不动就发脾气，讥讽家里人。这些维吾尔族人是真的信仰真主安拉，特别虔诚。他们的日常仪式虽然繁琐，但熟悉了觉得有种仪式的美感，他渐渐喜欢上这种自律的生活。

孩子的父亲对龙啸说，他明年也要种些向日葵，甚至恳求龙啸现在就和他们签订下明年的合同。龙啸想到北塔山的那份合同，摇摇头，保证说他明年一定来。维吾尔族男人说，你放心来吧，我们答应卖给你的，一定卖给你，维吾尔族人说话一言九鼎。

龙啸与他们约好明年这时再见。

6

龙啸回到乌鲁木齐后，感觉这次喀什之行收获太大了。

他想把收获告诉蓝卫，在拨电话的一瞬间，他想起蓝卫孩子的鼻炎。龙啸跑到乌鲁木齐最大的新华书店寻找怀特的书，想看看怀特到底怎样。龙啸把怀特的书都买下，抱到宾馆一本本翻着，在一本黑色封面的《人各有异》里，寻到一篇叫《夏日鼻炎》的文章，果然如蓝卫说的那样。龙啸有些绝望，但他不死心，把文章再一次打开，希望能发现些不一样的信息。突然他看到在文章的结尾写着："1937年8月。"龙啸一阵狂喜，不放心，又仔细看了一次，果然是1937年8月。他还是不放心，认真查了一遍，文章中提到的国务卿韦伯斯特正是菲尔莫尔总统时期的国务卿，1937年。他怀着激动的心情给蓝卫打电话，电话一打通，龙啸就说，我看到你说的那篇怀特的文章了，是1937年写的。七八十年过去了，那时的许多不治之症现在早有了对症良药，你好好带着孩子去治疗吧！蓝卫一下没有反应过来他说什么，龙啸又重复一遍。蓝卫说，真的？我去查查书。

过了一会儿，蓝卫打来电话，龙啸，你说的是真的，果然是1937年发生的事情，不是你，我们已经失去信心了……

蓝卫挂了电话好长时间，龙啸还沉浸在小小的激动中。他想该干点儿什么，打发起飞前的十几个小时。走到街上，马上意识到这是座陌生的城市，想好好喝一顿，一个人又没意思。龙啸顺着马路牙子胡乱走，直到看到个整形医院，才明白自己放心不下夏微雨。他便打算去看看夏微雨，可买什么礼物好呢？他回忆这些年来别人送过他的礼物，马上想起一对瓷做的小狗，那是他过18岁生日的时候，夏微雨送给他的。风格极简单，整个瓷狗釉面是白色的，脸上只有两只乌黑的眼睛，旁边是几道蓝色的点缀，但一点儿也不单调，反而十分可爱。后来他有了孩子，搬了几次家，不小心打碎一只，另一只一直保存着。

　　想到这里，龙啸给家里打电话，让妻子把那只瓷狗拍张照片给他发过来。妻子问他吃饭了没有？他说有时差。端详着可爱的小狗，他想象见夏微雨的情形。突然秋田犬冒进龙啸的脑海，在哪部电影里看到的忘记了，那位男主角是教授，养了只秋田犬，每天早上将教授送到车站，傍晚等待教授一起回家。不幸的是，教授因病辞世，再也没有回到车站。秋田犬依然每天按时在车站等待，一连等了九年，直到死去。龙啸想送给夏微雨一只秋田犬，可是他不知道乌鲁木齐哪里卖这种犬，不知道夏微雨家里能不能养犬。想了半天，打算先送她一对工艺品，了解情况后，再送她真正的秋田犬。

　　龙啸打车去了最近的生活馆，在摆瓷器的地方看到两只小狗，黄白相间的光洁釉面，五官栩栩如生，一只系着红色的领结，一只系着黑色的，非常漂亮，而且都胖嘟嘟的，像富人们家里养的宠物犬。龙啸心里不大满意，问有没有其他的，店员回答没有。龙啸害怕耽误太多时间，只好选了一只，但心里很不满意。

去往医院的途中，龙啸看到有个门店上写着"因店面搬迁，瓷器大促销"，他心里一动，呼喊司机停车。在柜台的角落里，龙啸寻到一对小狗，简单的白色釉面，身子瘦瘦的，乌黑的眼睛盯着他，仿佛祈求他把它们带走。龙啸想，就是它们了，让老板把它们擦干净，包好。

来到医院化验室门口，龙啸看了看信息栏，夏微雨的相片还在，只是过了几天时间，仿佛苍老了，变得有些不像她。龙啸在门对面的椅子上坐下，忐忑地等待着。

等了好久，没有人出来。龙啸站起来想去敲门，突然有人低着头出来，整齐的黑发下，头发根子全白了。

夏微雨！龙啸喊。

女人的脸慢慢扬起来。那一刻，龙啸像在天安门看升旗，旗手把手甩开，红旗打开的样子。四十岁，一脚跨过二十多年。

夏微雨没有再躲，答应下班后与龙啸一起坐坐。

龙啸提前赶到夏微雨订下的清真餐馆，在等待夏微雨的时候，翻出手机里保存的瓷狗照片。时光褪尽小狗身上炫目的亮光，眼睛却依然那么亮，炯炯有神地盯着前方。龙啸不知道当初夏微雨为什么送他一对小狗，想起打碎的另一只有些惋惜。

服务员过来问，点不点菜？龙啸抬起头，猛地发现饭店门楣上挂着一块镜子，里面竟压着一张完整的狐狸皮。他往前走了几步，看清是一张灰色的狐狸皮，靠近脖子的地方有个洞，旁边的毛依稀发红。他仿佛看见子弹从这里射进狐狸身体。服务员见他盯着狐狸皮发呆，问道，先生对这个感兴趣吗？许多客人喜欢我们这只狐狸。龙啸问，多少钱？服务员说，这个不卖。龙啸说，问问你们老板，价钱可以商量。

夏微雨到了饭店，看见龙啸身边摆着嵌有狐狸皮的镜子，下意识地瞧了瞧门楣上，有些吃惊。

龙啸不等夏微雨发话，问道，你去过咱们那儿的五台山吗？五台山上有许多狐狸，灰色的、黑色的、白色的、黄色的……它们全被圈在笼子里，充满绝望，等着人们买去放生。

夏微雨说，人们买去放生不是滋长他们贩卖吗？

龙啸点点头问，假如没人买，这些狐狸最后会不会被剥了皮卖掉？

夏微雨沉默许久，招呼服务员点菜。

龙啸说，其实放生的我见过一只，毛色发亮，关键是很快乐。

快乐？你见过一只狐狸快乐？夏微雨发笑。

龙啸郑重其事地点点头。

上菜的时候，龙啸打开手机，让夏微雨看里面那只小狗。夏微雨说，真萌呀！龙啸说，我18岁生日收到的礼物。谁送的？夏微雨问。龙啸没有想到夏微雨根本没有印象，很是遗憾，想说你送的，临到嘴头却说，咱们的一位同学。夏微雨继续问，谁呀？龙啸摇摇头说，时间太久，忘记了。以前每过一次生日都要收到好多礼物，除了贺卡，留下来的竟然只剩下这只小狗了。他伤感起来，感觉许多珍贵的东西在岁月里丢失了。夏微雨说，我搬了几次家，一样也没留下。

从见夏微雨的第一面起，龙啸就想过问一下她脸上的伤疤和她家庭的事情，又怕引起她难受。现在再不问恐怕就没机会了，可他还是不敢问，怕把这难得的一次见面破坏掉。

他从包里取出刚才买的三只小狗，一字摆开，说二十多年没见面了，本来想送你点儿贵重的礼物，可是……龙啸顿了顿，用低沉的语调说，去年我下岗了，发现自己什么也不会做，就跟上老爸收瓜子，这次来新疆就是收瓜子。这时，他的感觉来了，他想与生活不幸的人在一起，只有说痛苦的事才容易引起共鸣，让对方放松，此时只有把自己说得越可怜，越不堪，才能使这次见面自然起来。

龙啸便任意夸大自己的不幸，说起下岗后的窘迫，说起老婆对他的不理解，说起身体像失控的机器，到处出毛病。而且他说起难受的日子时真正进了戏，主动拿起酒杯喝起来。喝上酒之后，蓝卫儿子的鼻炎、北塔山种向日葵的农民、吞钉子的孩子许多事情涌上来，龙啸把它们添油加醋，统统放到自己头上，到后来连自己也不知道到底哪些是真的，哪些是假的。他只是不住地喝酒。

中间，夏微雨几次想阻止龙啸，大概也想采取龙啸的策略，讲讲自己的故事，来缓解龙啸的痛苦。或者龙啸的话像引子一样勾起了她的伤心往事。

她指着自己的脸说，2009年7月5日，那天休假，我们出去给孩子买跳舞的白网鞋……

可是龙啸马上打断夏微雨的话。此前，他多想知道她究竟发生了什么事情，就在吃饭时还担心再不问就没机会了，现在他却不想知道夏微雨的秘密了，有些东西，藏在一个人心底比较好。就像他没来新疆之前，夏微雨在同学群里那么活跃，后来干脆消失。龙啸害怕了解夏微雨的情况后，更意想不到的事情会发生。

每次夏微雨冒起话头来，龙啸就一次次打断。夏微雨没办法，只好陪着他喝酒。

夏微雨喝了酒，在灯光下整个脸红彤彤的，有点儿肿胀，左边脸上的那道疤好像缩小了，依稀恢复了几分往日的模样。

忽然手机响起来，是父亲打来的。龙啸说对不起，跑到旁边去接电话。父亲说，安徽厂子里瓜子的收购价降了，前面那些车皮好好的，最后这几车却突然降价了……

龙啸接完电话心里沉甸甸的，充满希望的明年顿时变得有了问号。回到座位上，夏微雨关心地问他，没事儿吧？龙啸看到夏微雨脸上渐渐露出来的阳光，甩甩脑袋说没事，刚才说到哪里了？他开始重复起自己刚下岗时的日子。有了刚才那个电话，他又不想让夏微雨担忧，再次说到那些不幸的遭遇时，脑子突然灵光起来，觉得所有的难题都有无数种解决办法，以前是自己闭着眼睛硬往一条道路上走。他忘记要引起夏微雨共鸣的初衷，把每一件事情说到最后都向好的一面转变。夏微雨听得目瞪口呆，脸上的光却越来越多，眼睛也越来越亮。龙啸不知道自己居然是个天才，谈着，竟然把下一步的路和明年的对策都想好了。这时他觉得，人只有有信心才会有勇气，有勇气才会有智慧，青蛙真的能变成白马王子，灰姑娘也能变成美丽的公主。

后来，龙啸指着桌子上的三只狗和那个镶嵌狐狸皮的镜子说，这些都送给你，希望你明年暑假能带孩子回老家看看，去五台山转转。我在五台山的西台上真的见过一只狐狸，黄身子，黑尾巴，白尾巴尖，漂亮极了，和那些圈在笼子里的完全不一样。龙啸酒喝得多，说起车轱辘话，控制不住自己了。

夏微雨认真地点着头，答应明年暑假一定带上孩子回去看看。她说多年没回去了，总怕老人们问起，其实早该回去了。

夏微雨招呼服务员上盘哈密瓜。瓜上来后，她用牙签挑起一块递给龙啸，告诉他说，在新疆其实很难吃到真正的哈密瓜，真正的哈密瓜产自哈密，快成熟时就被特殊顾客订好了。龙啸重重咬了一口，像蜜直接洒在心尖上。夏微雨说，这种瓜也不能多吃，吃多了烂嘴角，糖分太高。不过连吃几天还是没问题。龙啸一愣，直接用手抓起一块来。

吃完瓜之后，龙啸手上满是汁液，手指粘在一起变得鸭蹼一样。夏微雨扶他去了卫生间，给他打上洗手液，拧开水龙头。水哗哗流出来的时候，两人都哭了。

第二天，龙啸醒来之后，一阵眩晕。打开手机，同学微信群里有几百条未读信息。点开之后，是夏微雨谈她明年暑假带孩子回老家玩的事。同学们纷纷表示欢迎，给她出主意去什么地方玩，还发了许多欢迎的红包。最晚的一个居然是凌晨一时零八分……

阳光能够照到的明亮地方

——杨遥和他的《流年》

黄德海

　　那次在五台，或许因为是东道，尽管山路崎岖，时晴时雨，杨遥始终保持兴致，看到什么，就随口讲个故事。有时候听的人不耐，杨遥便停住，羞怯地笑笑，不语。不知是因为小说写作经常被打断，养成了独特的习惯，还是杨遥始终有好的耐心——等听的人回过味来，问起故事的后续，杨遥就又慢条斯理地讲下去，仿佛不曾有过中断。从那时候开始，我差不多就单方面认定，在这个信息和意义过剩的时代，杨遥是罕见的讲故事的人。

　　本雅明曾谈到过讲故事的人和小说写作者的区别："讲故事的人取材于自己亲历或道听途说的经验，然后把这种经验转化为听故事人的经验。小说家则闭门独处，小说诞生于离群索居的个人。此人已不能通过列举自身最深切的关怀来表达自己，他缺乏指教，对人亦无以教诲。写小说意味着在人生的呈现中把不可言诠和交流之事推向极致。囿于生活之繁复丰盈而又要呈现这丰盈，小说显示了生命深刻的困惑。"杨遥并非没有生命的困惑，只是或许，他秉有的天赋和他自身的际遇，让他更关心如何把困惑在故事里展开，"保持并凝聚其活力，时过境迁仍能发挥其潜力"。

从五台山来到雁门关，杨遥就讲起了他的雁门关故事。他曾很长一段时间借调在离雁门关几十公里的地方工作，朋友来了，他便租上一辆车，到关里转转。几年下来，他去了数十次雁门关，却没有一次带上很想去一趟的家人。有一回，明明车上还有空位，他却让家人不要跟上，以后有时间再说。看到家人失望的笑容，他说，觉得自己真是过分。后来，杨遥说，他终于带家人去了次雁门关。耐心、细致，看起来憨厚，却又眼观六路，体贴着每个人可能的委屈——这差不多也是杨遥和杨遥作品最显著的特点。

《单人床》，三人相约吃饭。"李小平说：'我家附近新开张了一家大连海鲜馆，听说味道不错。咱们去那儿吧？'陈多宁瞧了瞧李小平身边的高丽，觉得她今天应该是主角。

高丽说：'行啊，吃啥都行。'"尽管陈多宁是跟李小平更熟的朋友，但他把决定的机会让给了高丽。看起来不起眼的一件件小事，逐渐地累积起来，也就成了一种对人的显著体谅。《遍地阳光》，龙啸认出了自己年轻时的恋人夏微雨，却发现她脸上多了一道伤疤，"龙啸不知道夏微雨的生活发生了什么变故，他想敲开化验室的门径直走到她面前，又害怕让她难堪；而不进去吧，又觉得他们这辈子可能再没有机会见面了。他在门口徘徊着，大约半小时过去，突然化验室的门一响，有人要出来。龙啸害怕出来的是夏微雨，肩膀一缩，快步朝来时的手术室走去"。

"口口相传的经验是所有讲故事者都从中汲取灵感的源泉。"对人的关心和体贴，对生活中小小善意的发现，对艰难的体认和周旋，本来就是人世口口相传的经验，没错吧？杨遥写的，不就是那些置身在世界的艰难里，自己却从不失去耐心的人吗？他们当然有自己的困窘和限制、委屈和无奈，也有失控的时刻、不由自主的瞬间，但最终，他们没有对世界的顽固和不善报以颠顸和恶意，而是试着用自己深藏内心的善好与这个世界相处，也在其中慢慢生成自己的样子——某种好人的样子。

讲故事的人最容易遭到的误解是，他们不过传承已有智慧，并没有自己的发现。说得明确一点，小说询问意义，是对未知的探究，而讲故事的人给出的是经验，是教诲——"趋向于实用的兴趣是许多天生讲故事者的特点……讲故事者是一个对读者有所指教的人。如果'有所指教'今天听起来陈腐背时，那是因为经验的可交流性每况愈下，结果是我们对己对人都无可奉告。"也就是说，尽管有传承而来的教诲，而为了经验的可交流性，讲故事者的每一次讲述，都要有对人世的新发现。

"李山重新打量这个棚子，除了自行车和人们带来的衣服、游泳用的玩意儿，其他的一切都是破破烂烂的。李山想，把这些东西扔到破烂堆上，也没有一个人捡，可是摆到这儿，哪一样都能派上用场。"（《水到底有多深》）没错，这意思就是人无弃人，物无弃物，而时空却是现代的一个临时裸泳场所。"龙啸不等夏微雨发话，问道，你去过咱们那儿的五台山吗？五台山上有许多狐狸……它们全被圈在笼子里，充满绝望，等着人们买去放生。夏微雨说，人们买去放生不是滋长他们贩卖吗？"（《遍地阳光》）未经反思的善意经不起追问，看起来明确的善，却可能恰恰助长了恶。如此明确的经验传递，我觉得对写作的正面意义，并不亚于对人心某一劣处的发现，甚至有过之而无不及。

这些善好的经验，虽然并不期待，却会不经意间带给人某种明亮的报偿。而这，也正是杨遥写作特别令人振奋的地方。《萨达姆被抓住了吗》："一段时间过去，王一清觉得自己以前根本没有理解跑步的意义，只是和单位的人们赌气。他照着书上讲的那些，调节呼吸、步子、姿势，还买了专门的跑鞋，跑步变得越来越轻松，越来越舒服。"《遍地太阳》："有了刚才那个电话，他又不想让夏微雨担忧，再次说到那些不幸的遭遇时，脑子突然灵光起来，觉得所有的难题都有无数种解决办法，以前是自己闭着眼睛硬往一条道路上走。他忘记要引起夏微雨共鸣的初衷，把每一件事情说到最后都向好的一面转变。夏微雨听得目瞪口呆，脸上的光却越来越多，眼睛也越来越亮。龙啸不知道自己居然是个天才，谈着，竟然把下一步的路和明年的对策都想好了。"

对，就是这样，走过了思维、认知和情感的转角，人生的实际误区，差不多也就有了过去的可能。就像《流年》中的凌云飞，渐渐认识到了酗酒和偷盗的坏处，"上下班喜欢走在阳光能够照到的明亮地方，以前从来没有注意到这儿能使他感到温暖和愉快。这时他发觉建筑的阴影和楼群的缝隙里，到处是垃圾和粪便，臭味扑鼻。而他走过的这些地方，烤红薯又香又糯；煎得黄黄的、热热的饼子散发着香味儿；

散发传单的大学生围着长长的围巾，眼睛又黑又亮，脸上散发着纯洁的笑容；卖菜的老太太把各种蔬菜洗得干干净净，每样植物身上散发着柔和的亮光……"眼光变了，世界也就变了，而那个耐心的讲故事的人，也即将为自己的耐心得到报偿。

"在讲故事的人的形象中，正直的人遇见他自己。"杨遥应该确信，这或许就是讲故事的人该领受的最好的经验和教诲。

杨遥作品发表目录

（截至2017年）

《病孩》·短篇 　　　　　　　　　　《五台山》2001年第4期

《奔月》·短篇 　　　　　　　　　　《五台山》2001年第6期

《北京的阳光穿透我的心》·短篇 　　《山西文学》2001年第12期

《梅花与鞋》·短篇 　　　　　　　　《山西文学》2002年第2期

《坐在北方的春天看海》·短篇 　　　《山西文学》2004年第1期

《玻璃》·短篇 　　　　　　　　　　《黄河》2002年第3期

《挽歌》·短篇 　　　　　　　　　　《黄河》2003年第4期

《苍茫的关隘》·短篇 　　　　　　　《佛山文艺》2003年3月下

《圣手》·短篇 　　　　　　　　　　《佛山文艺》2004年8月下

《偷鱼者》·短篇

《芙蓉》2004年第12期"70年后短篇小说年度展"

《豆腐山》·短篇 　　　　　　　　　《黄河》2005年第1期

《二弟的碉堡》·短篇 　　　　　　　《黄河》2005年第1期

入选《小说选刊》2005年第5期

入选李敬泽主编《21世纪中国新文学大系：2005年短篇小说》

入选《华语新势力青年作家十年选》

入选漓江出版社《小说选刊：一本杂志和一个时代的叙事》十年精选

获《黄河》杂志2005年"雁门杯"优秀小说奖

《同里》·短篇 　　　　　　　　　　　　　　《黄河》2005年第1期

《一只长不大的羊》·短篇 　　　　　　　　　《黄河》2005年第2期

《姚三》·短篇 　　　　　　　　　　　　　　《黄河》2005年第2期

《马恚》·短篇 　　　　　　　　　　　　　　《黄河》2005年第2期

《铅色云城》·短篇 　　　　　　　　　　《佛山文艺》2005年11月上

《我们为什么不会飞》·短篇 　　　　　　《佛山文艺》2005年11月下

《那一年，我跑得好快》·短篇 　　　　　《佛山文艺》2005年12月上

2005年获《山西文学》优秀作家奖

《和新疆人交朋友》·短篇 　　　　　　　　　《黄河》2006年第1期

《跳棋》·短篇 　　　　　　　　　　　　　　《黄河》2006年第2期

《在A城我能做什么》·短篇 　　　　　　　　《黄河》2006年第2期

《富贵》·短篇 　　　　　　　　　　　　　　《黄河》2006年第2期

《草麦黄》·短篇 　　　　　　　　　　　　　《黄河》2006年第3期

《太阳悬浮》·短篇 　　　　　　　　　　　　《黄河》2006年第3期

《女孩苗苗去上学》·短篇 　　　　　　　　　《黄河》2006年第3期

《坐充气跳床回家》·短篇 　　　　　　　《佛山文艺》2006年8月上

《当我的诅咒应验的时候》·短篇 　　　　　　《黄河》2006年第4期

《和冬天一样冷的日子那么多》·短篇 　　　　《黄河》2006年第4期

《烤烟房》·短篇 　　　　　　　　　　　　　《黄河》2006年第4期

《闪亮的铁轨》·短篇 　　　　　　　　　《人民文学》2007年第3期

《谯楼下》·短篇 　　　　　　　　　　　《黄河文学》2007年第3期

《寒流》·短篇 　　　　　　　　　　　　　　《红豆》2007年第1期

《一个小公务员的梦》·短篇 　　　　　　《山西文学》2007年第1期

《战争游戏和鳖》·短篇 　　　　　　　　《佛山文艺》2007年5月上

《公园里的故事》·短篇 　　　　　　　　　　《黄河》2007年第3期

《跳舞的人是你》·短篇　　　　　　　　　　《长城》2010年第4期

《桃花灼灼》·中篇　　　　　　　　　　　　《五台山》2010年第6期

《脱了鞋，我和你一起干》·短篇　　　　　　《都市》2010年第7期

《一醉方休》·短篇　　　　　　　　　　　　《都市》2010年第8期

《耻辱书》·短篇　　　　　　　　　　　　　《山西文学》2010年第8期

《为什么骆驼的眼神如此疲惫》·短篇　　　　《大家》2010年第6期

2010年获2007—2009年度赵树理文学奖新人奖

《二弟的碉堡》·短篇小说集

　　　　　　入选《21世纪文学之星：2009年卷》（作家出版社2010年版）

《大街上的人来来往往》·短篇　　　　　　　《红豆》2011年第1期

《为什么不把她做成琥珀》·中篇　　　　　　《芙蓉》2011年第2期

《请你讲讲我爷爷的故事》·短篇　　　　　　《山西文学》2011年第8期

《雁门关》·短篇　　　　　　　　　　　　　《上海文学》2011年第9期

　　　　　　2013年获第十届《上海文学》优秀短篇小说奖

《膝盖上的硬币》·短篇　　　　　　　　　　《十月》2011年第5期

　　　　　　　　　　　　　　　　　　　　《名作欣赏》2012年第4期

《白袜子》·短篇　　　　　　　　　　　　　《野草》2011年第5期

　　　　　　　　　　　　　　入选《小说选刊》2011年第11期

《恶水》·短篇　　　　　　　　　　　　　　《大地文学》2011年卷五

《裁缝铺的小子们》·短篇　　　　　　　　　《边疆文学》2011年第10期

《下龙湾女孩》·短篇　　　　　　　　　　　《作品》2011年第11期

《张晓薇，我爱你》·中篇　　　　　　　　　《山西文学》2011年第11期

《谁和我一起吃榴莲》·短篇　　　　　　　　《山东文学》2011年第12期

《都是送给他们的鱼》·短篇　　　　　　　　《文学界》2012年第2期

　　　　　　　　　　《中华文学选刊》2012年第5期转载

《养鹰的塌鼻子》·短篇　　　　　　　　　　《文学港》2015年第1期

《放生》·短篇　　　　　　　　　　　　　　《长江文艺》2015年第2期

《山中客栈》·短篇　　　　　　　　　　　　《青年文学》2015年第2期

《单人床》·短篇　　　　　　　　　　　　　《福建文学》2015年第5期

《铁砧子》·短篇　　　　　　　　　　　　　　　《野草》2015年第3期

　　　　　　　　　　　　　　《小说选刊》2015年第6期转载

　　　　　　入选《2015年中国年度短篇小说》（《小说选刊》主编）

　　　　　　　　入选贺绍俊主编《2015年度短篇小说选》

《孀居女人和她的病儿子》·短篇　　　　　　《大地文学》2015年27卷

《弟弟带刀出门》·短篇　　　　　　　　　　　　《十月》2015年第4期

《鹰在天上》·中篇　　　　　　　　　　　　　　《芙蓉》2015年第4期

　　　　　　　《小说选刊》2015年第8期"佳作搜索"栏目推荐

　　　　　《中华文学选刊》2015年第9期"佳作点评"栏目点评

　　　　　　　　　　　　《中篇小说选刊》2016年增刊第1期

《黑色伞》·短篇　　　　　　　　　　　　　《上海文学》2015年第8期

《一辈子》·短篇　　　　　　　　　　　　　《山西文学》2015年第12期

《夏天，冬天和金鱼》·短篇　　　　　　　　　　《作品》2016年第1期

《开馆日》·短篇　　　　　　　　　　　　　《青年文学》2016年第1期

《寻找与遗失》·随笔　　　　　　　　　　　《文艺报》2016年1月8日

《正步往前走——读赵雁长篇小说〈第四级火箭〉》·评论

　　　　　　　　　　　　　　　《文艺报》2016年1月27日

《爽着痛，痛着爽——读李爽的〈爽〉》·评论　《飞天》2016年第1期

《抬着担架的父亲》·短篇　　　　　　　　　《解放军文艺》2016年第5期

《在沦陷中探索》·评论　　　　　　　　　　《福建文学》2016年第5期

《巨鲸歌唱　中士沉默——读王凯的长篇小说〈瀚海〉》·评论